Samuel Beckett

Wie es ist

Deutsch von
Elmar Tophoven

Suhrkamp

Titel der Originalausgabe: *Comment c'est*
Umschlagfoto: Rosemarie Clausen

suhrkamp taschenbuch 1262
Erste Auflage 1986

Druck: Nomos Verlagsgesellschaft, Baden-Baden
Printed in Germany
Umschlag nach Entwürfen von Willy Fleckhaus und Rolf Staudt

1 2 3 4 5 6 – 91 90 89 88 87 86

Wie es ist

I

wie es war ich zitiere vor Pim mit Pim nach Pim wie es ist drei Teile ich sage es wie es wie ich es höre

Stimme zuerst draußen quaqua überallher dann in mir wenn es aufhört zu keuchen erzähl mir nochmal erzähl mir zum letzten Mal Invokation

vergangene Momente alte Träume die wiederkehren oder frische wie jene die gerade vergehen oder Dinge Dinge immer wieder und Erinnerungen ich sage sie wie ich sie höre sie murmele im Dreck

in mir die draußen waren wenn es aufhört zu keuchen Fetzen einer alten Stimme in mir nicht meine

mein Leben letztes Stadium schlecht gesagt schlecht gehört schlecht erinnert schlecht gemurmelt im Dreck kurze Bewegungen der unteren Gesichtshälfte Verluste allenthalben

dennoch aufgefangen es ist besser irgendwo so wie

sie ist so wie sie kommt meine Momente nicht das Millionstel alles verloren fast alles jemand der lauscht ein anderer der niederschreibt oder derselbe

hier also erster Teil wie es war vor Pim es folgt ich zitiere dem Ablauf ungefähr mein Leben letztes Stadium das was davon übrigbleibt Fetzen ich höre es mein Leben im Ablauf mehr oder weniger ich vernehme es ich zitiere ein bestimmter Moment weit zurück eine ungeheure Zeit dann von da an jener Moment und folgende einige der natürliche Ablauf ungeheure Zeiten

erster Teil vor Pim wie hier gestrandet kommt nicht in Frage man weiß nicht man sagt nicht und der Sack woher der Sack und ich ob ich es bin kommt nicht in Frage unmöglich zu wenig Kraft keine Wichtigkeit

das Leben das Leben das andere im Licht das ich gehabt hätte dann und wann wieder dort hinaufzusteigen kommt nicht in Frage niemand um soviel von mir zu verlangen nie gewesen einige Bilder dann und wann im Dreck Erde Himmel Wesen einige im Licht manchmal aufrecht

der Sack einzige Habe dem Tastgefühl nach ein kleiner für Kohle fünfzig Kilo feuchte Jute ich presse ihn er tropft im Präsens aber fern fern eine ungeheure

Zeit der Anfang dieses Leben erstes Lebenszeichen allererstes

dann richte ich mich auf auf den Ellbogen ich zitiere ich sehe mich tauche hinein in den Sack man spricht vom Sack tauche den Arm hinein zähle die Büchsen unmöglich mit einer Hand versuche tausendmal einmal wird es möglich sein

die Büchsen in den Dreck fallen lassen sie wieder in den Sack stecken eine nach der anderen unmöglich keine Kraft Angst sie zu verlieren

Appetitlosigkeit ein Krümel Thunfisch dann Verschimmeltes essen na ja es dauert noch einen Moment es wird immer noch einen Moment für mich dauern

die angebrochene Büchse wieder in den Sack gesteckt oder in der Hand gehalten ich denke daran beim nächsten Appetit oder ich denke nicht mehr daran ich öffne eine andere das eine oder das andere da ist etwas das nicht stimmt es ist der Anfang meines Lebens vorliegende Fassung

andere Gewißheiten der Dreck das Dunkel rekapitulieren wir der Sack die Büchsen der Dreck das Dunkel die Stille die Einsamkeit alles im Moment ich sehe mich platt auf dem Bauch schließe die Augen nicht die blauen die anderen dahinter und sehe mich auf dem Bauch ich öffne den Mund die Zunge kommt heraus legt sich auf den Dreck eine Minute zwei Minuten und aus Durst sterben kommt auch nicht in Frage während dieser Zeit einer ungeheuren Zeit

Leben im Licht erstes Bild irgendein Jemand ich betrachtete ihn auf meine Weise von weitem heimlich in einem Spiegel nächtens durch ein Fenster erstes Bild

ich sagte mir er ist besser besser als gestern weniger häßlich weniger dumm weniger böse weniger schmutzig weniger alt weniger unglücklich und ich ich sagte mir und ich ununterbrochene Folge endgültiger Verschlechterungen

da ist etwas das nicht stimmt

ich sagte mir es geht nicht schlechter ich täuschte mich

ich pißte und schiß anderes Bild in mein Binsenkörbchen seitdem nie wieder so sauber

ich schnitt mit der Schere die Schmetterlingsflügel in schmale Streifen einen nach dem anderen und mitunter zur Abwechselung beide zugleich ich setzte den Leib in der Mitte wieder in Freiheit seitdem nie wieder so gut

es ist vorbei im Moment hier verlasse ich ich höre es murmele es in den Dreck hier verlasse ich für den Augenblick das Leben im Licht es erlischt

ich sehe mich auf dem Bauch im Dreck im Dunkel es ist nur eine Pause ich reise nur eine Rast

Fragen wenn ich den Büchsenöffner verlöre sieh da ein anderes Ding oder wenn der Sack leer sein wird diese Art

abscheuliche abscheuliche Epochen gesehen von den folgenden heroische für wann die letzte wann war meine schöne jede Ratte hat ihre „Blütezeit" ich sage es wie ich es höre

die Knie angezogen den Rücken krumm presse ich den Sack an meinen Bauch jetzt also sehe ich mich auf der Seite ich halte ihn den Sack man spricht vom Sack mit einer Hand hinter dem Rücken ich schiebe ihn unter meinen Kopf ohne ihn loszulassen ich lasse ihn nie los

da ist etwas das nicht stimmt

nicht aus Furcht ich zitiere ihn zu verlieren etwas anderes man weiß nicht was man sagt nicht was wenn er leer sein wird stecke ich den Kopf hinein dann die Schultern mein Kopf wird seinen Boden berühren

anderes Bild schon eine Frau hebt den Kopf und schaut mich an die Bilder kommen am Anfang erster Teil sie werden ausbleiben ich sage es wie ich es höre es murmele im Dreck die Bilder erster Teil wie es war vor Pim ich sehe sie im Dreck es leuchtet auf sie werden ausbleiben eine Frau ich sehe sie im Dreck

sie ist fern zehn Meter fünfzehn Meter sie hebt den Kopf schaut mich an sagt sich endlich es ist gut er arbeitet

mein Kopf wo ist mein Kopf er ruht auf dem Tisch meine Hand zittert auf dem Tisch sie sieht genau daß ich nicht schlafe der Wind weht ungestüm die kleinen Wolken fliegen schnell der Tisch schwimmt aus der Helle in den Schatten aus dem Schatten in die Helle

es ist nicht vorbei sie nimmt blindlings blickend ihre Stickerei wieder auf die Nadel hält mitten im Stich inne sie richtet sich auf und schaut mich wieder an sie braucht nur mich bei meinem Namen zu nennen aufzustehen zu kommen mich zu berühren aber nein ich rühre mich nicht ihre Aufregung nimmt zu sie verläßt plötzlich das Haus und läuft zu Freunden

es ist vorbei es war kein Traum ich träumte das nicht auch keine Erinnerung man hat mir keine Erinnerungen gegeben diesmal es war ein Bild wie ich sie manchmal im Dreck sehe wie ich sie sah

mit der Geste eines Kartenausteilers die man auch bei gewissen Sämännern sehen kann werfe ich die leeren Büchsen weg sie fallen nieder ohne Geräusch

sie fallen nieder wenn ich denen glauben kann die ich manchmal auf meinem Wege finde und dann behende von neuem wegwerfe

Lauwärme des Erbdrecks undurchdringliches Dunkel

plötzlich wie alles was nicht war dann ist gehe ich nicht wegen des Unrats etwas anderes man weiß nicht man sagt nicht was daher Vorbereitungen plötzliche Serie Subjekt Objekt Subjekt Objekt Schlag auf Schlag und los

ich nehme den Strick aus dem Sack sieh da ein anderes Ding schließe den Sack oben häng ihn mir um den Hals ich weiß daß ich beide Hände benötigen werde oder aber der Instinkt es ist das eine oder das andere und los rechtes Bein rechter Arm schiebe ziehe zehn Meter fünfzehn Meter Pause

im Sack demnach bis jetzt die Büchsen der Büchsenöffner der Strick aber das Verlangen nach etwas anderem man scheint es mir nicht gegeben zu haben diesmal das Bild anderer Dinge da bei mir im Dreck im Dunkel im Sack in meiner Reichweite nein man scheint das nicht meinem Leben beigefügt zu haben diesmal

nützliche Dinge ein Stück Linnen um mich abzutrocknen diese Art oder schön anzufühlende

die da ich sie vergeblich unter den Büchsen suchte bald das eine bald das andere je nach dem Verlangen dem Bild des Moments die da ich mich so suchend ermüdete ich mir vornehmen könnte von neuem zu suchen später wenn ich weniger müde wäre etwas weniger müde wäre oder zu versuchen zu vergessen indem ich mir sagte stimmt ja auch stimmt ja auch denk nicht mehr daran

nein die Lust daß es mir etwas weniger schlecht ginge die Lust auf ein wenig Schönheit wenn es aufhört zu keuchen ich höre nichts dergleichen man erzählt mir nicht so diesmal auch keine Besucher in meinem Leben diesmal keinerlei Lust auf Besucher von allen Seiten hergelaufene aller Art um mir von sich zu erzählen vom Leben vom Tod als ob nichts dabei wäre von mir vielleicht am Ende um mir zu helfen fortzudauern dann Lebewohl auf bald jeder seinen Horizonten zu

alle Arten Alte wie sie mich auf ihren Knien hatten hüpfen lassen einen kleinen Ballen Linnen und Spitzen dann meine Laufbahn verfolgten

andere die nichts von meinen Anfängen wußten außer dem was sie vom Hörensagen und in den Archiven hatten aufschnappen können

andere die mich erst da kennenlernten an meinem letzten Platz sie erzählen mir von sich von mir vielleicht am Ende von vergänglichen Freuden und Leiden von Imperien die sterben und entstehen als ob nichts dabei wäre

andere schließlich kennen mich noch nicht sie gehen mit schweren Schritten vor sich hin murmelnd sie sind in eine Einöde geflohen um endlich allein zu sein um ohne sich zu verraten auszuhauchen was sie auf dem Herzen haben wenn sie mich sehen ich bin ein Ungeheuer der Einsamkeiten es sieht den Menschen zum ersten Mal und flieht nicht die Forscher bringen die Haut in ihrem Gepäck heim

plötzlich in der Ferne der Schritt die Stimme nichts dann plötzlich etwas etwas dann plötzlich nichts plötzlich in der Ferne die Stille

leben also ohne Besucher vorliegende Fassung ohne andere Geschichten als meine andere Geräusche als meine andere Stille als jene die ich brechen muß wenn ich sie nicht mehr leide das ist es womit ich fortdauern muß

Frage ob andere Bewohner na klar alles ist da drei Viertel und darauf lange Diskussion von einer Genauigkeit daß mitunter zu befürchten ist daß ja aber schließlich Schlußfolgerung nein ich der einzige Auserwählte es hört auf zu keuchen und es ist nur das was ich kaum höre die Frage die Antwort ganz leise ob andere Bewohner als ich hier bei mir auf die Dauer im Dunkel im Dreck lange verlorene Diskussion Schlußfolgerung nein ich der einzige Auserwählte

ein Traum nichtsdestotrotz man gibt mir einen Traum wie jemandem der gekostet hätte von der Liebe einer kleinen Frau in meiner Reichweite und die träumt sie auch es ist auch in dem Traum von einem kleinen Mann in ihrer Reichweite ich habe das in meinem Leben diesmal manchmal erster Teil während der Reise

oder in Ermangelung eines gleichartigen Fleischs ein Lama Behelfstraum ein Alpakalama was für Naturkenntnisse ich hatte

es würde nicht zu mir kommen ich würde zu ihm gehen um mich in sein Vlies zu kauern aber man fügt hinzu daß ein Tier hier nein die Seele ist unerläßlich die Intelligenz auch ein Minimum von jedem sonst zuviel der Ehre

ich wende mich meiner Hand zu der freien ich nähere sie meinem Gesicht es ist ein Hilfsmittel wenn alles fehlt Bilder Träume Schlaf Stoff zum Nachdenken da ist etwas das nicht stimmt

und die großen Bedürfnisse fehlen das Bedürfnis weiterzugehen das Bedürfnis zu essen und zu kotzen und die anderen großen Bedürfnisse alle meine großen Existenzkategorien

also zu ihr meiner Hand der freien eher als zu einem anderen Körperteil ich sage es wie ich es höre kurze

Bewegungen der unteren Gesichtshälfte mit Gemurmel im Dreck

sie kommt in der Nähe meiner Augen an ich sehe sie nicht ich schließe die Augen es fehlt etwas während normalerweise ob sie offen oder geschlossen

wenn das nicht genügt bewege ich sie meine Hand man spricht von meiner Hand zehn Sekunden fünfzehn Sekunden ich schließe die Augen ein Vorhang fällt

wenn das nicht genügt lege ich sie auf mein Gesicht sie bedeckt es ganz aber ich mag mich nicht berühren man hat mir das nicht gelassen diesmal

ich rufe sie sie kommt nicht ich brauche sie dringend ich rufe sie mit all meinen Kräften es ist nicht kräftig genug ich werde wieder sterblich

mein Gedächtnis na klar es hört auf zu keuchen und es ist die Rede von meinem Gedächtnis na klar auch da alles ist auch da drei Viertel diese Stimme ist wahrhaftig veränderlich von der so wenig noch in mir Fetzen kaum hörbare wenn es aufhört zu keuchen so wenig so leise nicht ein Millionstel vielleicht ich sage es wie ich es höre es murmele in den Dreck jedes Wort immer was darüber mein Gedächtnis man spricht über mein Gedächtnis wenig daß es sich bessert es verschlechtert sich daß ich mich wieder gewisser Dinge entsinne ich entsinne mich keiner mehr aber von da bis zur Sicherheit

Sicherheit daß niemand je mehr kommen wird um seine Lampe auf mich zu richten und nie mehr das geringste von anderen Tagen von anderen Nächten nein

alsdann ein anderes Bild noch eins schon das dritte vielleicht werden sie bald ausbleiben ich bin es ganz und das Gesicht meiner Mutter ich betrachte es heimlich es gleicht nichts

wir sind auf einer offenen von Verbenen überwucherten Veranda die duftbeladene Sonne sprenkelt die roten Fliesen jawohl

unter seinem mit Blumen und Vögeln geschmückten Hut beugt sich der Kopf über meine Locken die Augen brennen vor strenger Liebe ich biete ihr meine dar meine blassen im idealen Winkel zum Himmel erhobenen von welchem uns die berühmte Hilfe kommt und der ich weiß es vielleicht schon mit der Zeit vergehen wird kurzum starr gerade kniend auf einem Kissen in einem viel zu weiten Nachthemd mit krampfhaft gefalteten Händen bete ich gemäß ihren Anweisungen

es ist nicht vorbei sie schließt die Augen und psalmodiert ein Stückchen des apostolisch genannten Credos ich starre verstohlen ihre Lippen an

sie wird fertig ihre Augen leuchten wieder auf ich hebe schnell die meinen und wiederhole verkehrt

die Luft erzittert vom Summen der Insekten

es ist vorbei es erlischt wie eine Lampe die man ausbläst

einen Augenblick solange wie der Augenblick der vergeht ist meine ganze Vergangenheit kleine Ratte auf meinen Fersen der Rest falsch

falsch diese alte Zeit erster Teil wie es war vor Pim eine ungeheure Zeit da ganz erstaunt es zu können ich mich schleppe und mich schleppe wobei der Strick sich in meinen Hals schneidet der Sack an meiner Seite baumelt eine Hand nach vorn gestreckt zur Wand zum Graben die nie kommen da ist etwas das nicht stimmt und Pim zweiter Teil was ich ihm getan habe was er gesagt hat

Erfindungen wie dieser tote Kopf die Hand die noch lebt der kleine von den Wolken geschaukelte Tisch die Frau die mit einem Satz aufspringt und nach draußen in den Wind stürzt

nicht wichtig ich sage nicht mehr ich zitiere immerzu bin ich es bin ich es ich bin nicht mehr der da diesmal man hat mir das gestrichen ich sage nur wie fortdauern wie fortdauern

erster Teil vor Pim vor der Entdeckung Pims damit fertigwerden nur noch der zweite mit Pim wie es war dann der dritte nach Pim wie es war wie es ist ungeheure Zeiten

mein Sack einzige Variable meine Tage meine Nächte meine Jahreszeiten und meine Feste er sagt mir ewige Ostern dann sprunghaft Allerheiligen kein Sommer in jenem Jahr wenn es dasselbe ist wenig wahrer Frühling dank meinem Sack wenn ich noch sterbe in einer sterbenden Zeit

meine Büchsen allerlei die weniger werden aber weniger schnell als der Appetit verschiedene Formen keinerlei Vorliebe aber die Finger die auf gut Glück kaum geschlossenen wissen weniger werdend auf welch sonderbare Weise aber was ist sonderbar hier wie im Stau jahrlang dann plötzlich halb soviel

diese Worte jener für die unter denen die Erde sich dreht und alles sich dreht diese Worte auch noch hier Tage Nächte Jahre Jahreszeiten diese Familie

die Finger die sich täuschen der auf eine Olive gefaßte Mund der eine Kirsche bekommt aber keinerlei Vorliebe ich suche nicht auch nicht eine Sprache nach meinem Maße nach dem hiesigen Maße ich suche nicht mehr

der Sack wenn er leer sein wird mein Sack ein Besitz dieses Wort das ganz leise zischt hier ein Besitz kurzer Abgrund dann Apposition endlich Anomalie Anomalie ein Sack hier mein Sack wenn er leer sein wird bah ich habe Zeit Jahrhunderte

Jahrhunderte ich sehe mich ganz klein ungefähr so wie schon jetzt aber kleiner ganz klein keine Dinge mehr keine Lebensmittel mehr und ich lebe die Luft nährt mich der Dreck ich lebe immer noch

der Sack schon wieder andere Beziehungen ich nehme ihn in meine Arme spreche zu ihm stecke meinen Kopf hinein reibe meine Wange daran lege meinen

Mund darauf wende mich davon ab mißgestimmt presse mich von neuem dagegen sage zu ihm du du

ich sage ich sage erster Teil keinerlei Laut die Silben bewegen meine Lippen und alles rundherum die ganze Mundpartie das hilft mir zu verstehen

das wäre die Sprache die man mir gab erster Teil vor Pim Frage ob ich mich ihrer viel bediene man sagt nicht oder ich höre nicht es ist das eine oder das andere man sagt daß ein Zeuge daß ich einen Zeugen brauche

er lebt über mich gebeugt das ist das Leben das man ihm gab meine ganze sichtbare Oberfläche in das Licht seiner Lampen getaucht wenn ich gehe folgt er mir tiefgebeugt

er hat einen Gehilfen etwas abseits sitzend er sagt ihm an kurze Bewegungen der unteren Gesichtshälfte der Gehilfe trägt es ein in sein Register

meine Hand kommt nicht die Worte kommen nicht kein Wort auch kein stummes ich brauche sie ein Wort meine Hand ich brauche sie dringend ich kann nicht auch das

Verfall des Sinnes für Humor weniger Tränen auch auch das auch das fehlt und da wieder ein Bild ein

Junge auf einem Bett sitzend im Dunkeln oder ein kleiner Alter ich sehe nicht er hält seinen Kopf in den Händen er mag jung oder alt sein ich mache mir dieses Herz zu eigen

Frage ob ich glücklich bin im Präsens immer so alte Dinge ob ich ein wenig glücklich bin manchmal erster Teil vor Pim kurzer Abgrund und ganz leise nein ich würde es fühlen und kleine Glosse ganz leise nicht gemacht wenig gemacht für das Glück das Unglück die Seelenruhe

Ratten nein diesmal keine Ratten mehr ich habe sie angeekelt was noch in dieser Epoche erster Teil vor Pim eine ungeheure Zeit

gekrümmt zum Griff taucht die Hand anstatt des vertrauten Schlamms eine Hinterbacke auch er auf dem Bauch vor dem was denn noch das genügt ich breche auf

nicht des Schmutzes wegen etwas anderes ich breche wieder auf mit dem Sack um den Hals ich bin bereit erste Sache einem Bein Platz verschaffen welchem kurzer Abgrund ganz leise dem rechten das ist besser.

ich lege mich auf die Seite welche die linke das ist

besser werfe die rechte Hand nach vorn beuge das rechte Knie diese Gelenke funktionieren die Finger graben sich ein die Fußspitze gräbt sich ein es sind die Haltepunkte Schlamm ist zuviel gesagt Haltepunkte ist zuviel gesagt alles ist zuviel gesagt ich sage es wie ich es höre

schiebe ziehe das Bein entspannt sich der Arm krümmt sich all diese Gelenke funktionieren der Kopf erreicht die Höhe der Hand auf den Bauch Rast

die andere Seite linkes Bein linker Arm schiebe ziehe der Kopf und Oberkörper heben sich ab umso weniger Reibung fallen wieder hinab ich krieche im Paßgang zehn Meter fünfzehn Meter Pause

Schlaf Dauer des Schlafs ich erwache Schritt von wievielen auf den letzten zu

Phantasie man legt mir eine Phantasie bei es hört auf zu keuchen und eine Lebensluftuhr mit meinem Kopf im Ballon Sauerstoff für dreißig Minuten Wecken durch Ersticken nur immer wieder beginnen viermal sechsmal das genügt ich weiß Bescheid bin ausgeruht die Kräfte sind wiedergekehrt der Tag kann beginnen diese Fetzen ganz leise einer Phantasie immer Schlaf wenig Schlaf so versucht man diesmal mich zu erzählen verschlungen wieder ausgeworfen gähnend gähnend immer Schlaf wenig Schlaf

diese Stimme quaqua dann in mir wenn es aufhört zu keuchen dritter Teil nach Pim nicht vor nicht mit ich bin gereist ich habe Pim gefunden verloren Pim ist vorbei ich bin im dritten Teil nach Pim wie es war wie es ist ich sage es wie ich es höre dem Ablauf gemäß mehr oder weniger Fetzen im Dreck mein Leben ich murmele es in den Dreck

ich vernehme es dem Ablauf gemäß ungefähr vor Pim mit Pim ungeheure Zeiten mein entschwundenes Leben wie es war dann nachher jetzt nach Pim wie es ist mein Leben Fetzen

ich sage es wie es kommt dem Ablauf gemäß meine Lippen bewegen sich ich fühle sie es geht hinaus in den Dreck mein Leben was davon übrigbleibt schlecht gesagt schlecht gehört schlecht erinnert wenn es aufhört zu keuchen schlecht gemurmelt in den Dreck im Präsens das alles so alte Dinge der natürliche Ablauf die Reise das Paar die Verlassenheit das alles im Präsens ganz leise Fetzen

ich habe die Reise gemacht Pim gefunden Pim verloren es ist vorbei jenes Leben jene Epochen jenes

Lebens erste zweite es ist die dritte es keucht hört auf zu keuchen und ich höre ganz leise wie ich reise mit meinem Sack meinen Büchsen im Dunkel im Dreck im Paßgang krieche zu Pim ohne es zu wissen Fetzen im Präsens so alte Dinge sie höre sie murmele wie sie gerade kommen ganz leise in den Dreck

erster Teil vor Pim ich reise das kann nicht mehr dauern das dauert ich bin ruhiger man glaubt man sei ruhig und man ist es nicht ganz unten und man ist am Rande ich sage es wie ich es höre und daß der Tod der Tod wenn er je kommt das ist alles es stirbt

es stirbt und ich sehe einen Krokus in einem Topf in einem Lichtschacht im Untergeschoß ein Safran die Sonne klettert an der Wand entlang eine Hand hält dort diese gelbe Blume in der Sonne mittels eines Stricks ich sehe die Hand langes Bild stundenlanges die Sonne verschwindet der Topf sinkt hinab stellt sich auf den Boden die Hand verschwindet die Wand verschwindet

Lebenslumpen im Licht ich höre ohne zu leugnen ohne zu glauben ich sage nicht mehr wer spricht das sagt man nicht mehr das muß ohne Interesse sein aber Worte wie jetzt vor Pim das nicht das sagt man nicht nur meine meine mir eigenen Worte einige stumme kurze Bewegungen die ganze Mundpartie keinerlei Laut wenn ich kann das ist der Unterschied große Verwirrung

ich sehe alle Größen die natürliche einbegriffen wenn es meine ist es leuchtet auf im Dreck das Gebet der Kopf auf dem Tisch der Krokus der Alte in Tränen die Tränen hinter den Händen Himmel aller Art verschiedene Arten auf Erden auf See Blau plötzlich Gold und Grün der Erde plötzlich im Dreck

aber Worte wie jetzt Worte nicht meine vor Pim das nicht das sagt man nicht das ist der Unterschied ich höre es zwischen damals und jetzt einer der Unterschiede unter den Ähnlichkeiten

die Worte von Pim seine erpreßte Stimme er schweigt ich interveniere alles Notwendige er fängt wieder an ich würde ihm lauschen immerzu aber meine eigenen Schluß machen mit meinen der natürliche Ablauf vor Pim das Wenige das ich sage keinerlei Laut das Wenige das ich sehe von einem Leben ohne zu leugnen ohne zu glauben an was denn glauben an den Sack vielleicht an das Dunkel an den Dreck an den Tod vielleicht um zu enden nach soviel Leben es gibt Momente

wie hier gestrandet wenn ich es bin kommt nicht in Frage keine Kraft ohne Interessse aber hier der Ort wo ich beginne diesmal vorliegende Fassung erster Teil mein Leben presse den Sack er tropft erstes Zeichen dieser Ort ein paar Fetzen

man ist da irgendwo im Leben irgendwo eine ungeheure Zeit dann ist es vorbei man ist nicht mehr da dann von neuem da von neuem es war nicht vorbei ein Irrtum es muß von neuem begonnen werden mehr oder weniger an demselben Ort an einem anderen wie wenn neues Bild dort oben im Licht man kommt im Krankenhaus wieder zu Bewußtsein im Dunkel

derselbe wie welcher welcher Ort man sagt nicht ich höre nicht es ist das eine oder das andere derselbe mehr oder weniger feuchter weniger Schimmer keinerlei Schimmer was soll das heißen daß ich irgendwo gewesen bin wo es Schimmer gab ich sage es wie ich es höre jedes Wort immer

feuchter weniger Schimmer keinerlei Schimmer und die Geräusche verstummt die teuren Geräusche Vorwand zur Spekulation ich bin wohl abgeglitten man ist ganz unten es ist das Ende man ist nicht mehr man gleitet das ist die Fortsetzung

eine andere Epoche noch eine vertraute trotz dieser Fremdheiten dieser Sack dieser Schlamm die Milde der Luft das Backofendunkel die bunten Bilder sich schleppen können all diese Fremdheiten

aber Fortschritte genau gesagt Trümmer in Aussicht wie im teuren zehnten im teuren zwanzigsten genug um sagen zu können zu sich selbst zu einem erträumten Neuling ah wenn du gesehen hättest vor vierhundert Jahren was für Umwälzungen

ah mein junger Freund dieser Sack wenn du ihn gesehen hättest ich konnte ihn kaum schleppen und nun sieh mein Scheitel berührt seinen Boden

und ich keine Runzel keine einzige

am Ende der Myriaden von Stunden eine Stunde meine fünfzehn Minuten es gibt Momente das heißt daß ich gelitten habe gelitten haben muß seelisch gehofft nichts mehr gehofft mehr als einmal das Herz blutet man verliert das Herz Tropfen für Tropfen weint sogar manchmal innerlich keinerlei Laut keine Bilder mehr keine Reisen mehr kein Hunger mehr noch Durst das Herz geht aus man kommt an ich höre es für Momente es sind gute Momente

Paradies von vor der Hoffnung ich komme aus dem Schlaf und kehre dahin zurück zwischen den beiden ist alles alles zu tun zu ertragen zu versäumen zu verpfuschen zu einem guten Ende zu führen bevor der Dreck sich wieder auftut das ist es wie man mir sagen will diesmal mein Leben vor Pim erster Teil von einem zum anderen Schlaf

dann Pim die verlorenen Büchsen die Hand die tappt die Hinterbacke die Schreie der meine stumm die Hoffnung die entsteht schnell da sein es hinter mir haben fühlen wie das Herz ausgeht sagen hören du kommst an

mit Pim sein es gewesen sein es hinter mir haben sagen hören er wird wiederkommen ein anderer wird kommen besser als Pim er kommt rechtes Bein rechter Arm schiebt zieht zehn Meter fünfzehn Meter bleibt da im Dunkel im Dreck ruhig und auf dir plötzlich eine Hand wie auf Pim die deine zwei Schreie seiner stumm

du wirst eine leise Stimme haben sie wird gerade hörbar sein du wirst ihm ins Ohr sprechen ein Leben du wirst ein leises Leben haben du wirst es ihm ins Ohr erzählen es wird etwas anderes sein ganz anders eine andere Musik du wirst sehen etwas wie Pim eine leise Lebensmusik aber in deinem Mund in deinem wird sie dir neu sein

dann fortgehen ganz fortgehen ohne Abschied es wird vorbei sein mit der Epoche den Epochen oder nur mit dir keine Reisen mehr keine Paare mehr keine Verlassenheit mehr nie mehr nirgends das hören

wie es war vor Pim das sagen zuerst das der natürliche Ablauf dieselben Dinge dieselben Dinge sie sagen wie ich sie höre sie murmeln in den Dreck aus einer einzigen Ewigkeit drei machen um größerer Klarheit willen ich erwache und ich lege los das ganze Leben erster Teil vor Pim wie es war dann Pim mit ihm wie es war dann nachher nur noch das nach Pim wie es war wie es ist wenn es aufhört zu keuchen Fetzen ich lege los mein Tag mein Leben erster Teil Fetzen

eingeschlafen ich sehe mich eingeschlafen auf der Seite oder auf dem Bauch es ist das eine oder das andere auf der Seite welcher der rechten das ist besser der Sack unter dem Kopf oder an den Bauch gepresst an den Bauch gepresst die Knie angezogen den Rükken gekrümmt den winzigen Kopf an den Knien um den Sack gerollt Belacqua auf die Seite gekippt müde vom Warten vergessen von den Herzen in denen die Gnade lebt eingeschlafen

ich weiß nicht welches über seinem Gut verschränkte Insekt ich komme mit leeren Händen zurück zu mir zu meinem Platz was zuerst es mich fragen damit einen Moment dauern was um zu beginnen meinen langen Tag mein Leben vorliegende Fassung damit einen Moment dauern zusammengerollt um meinen Schatz auf der Lauer mein Gott sowas murmeln zu müssen

zwanzig Jahre hundert Jahre kein Geräusch und ich lausche kein Schimmer und ich sperre die Augen auf vierhundertmal meine einzige Jahreszeit ich presse mich fester an den Sack eine Büchse klappert der Stille dieses dunklen Tunnels allererste Linderung

da ist etwas das nicht stimmt

der Dreck nie kalt nie trocken er trocknet nicht auf mir die mit warmem Dampf von Wasser oder irgendeiner anderen Flüssigkeit beladene Luft ich atme die Luft ein rieche nichts hundert Jahre kein Duft ich atme die Luft ein

nichts trocknet ich presse den Sack erstes wahres Lebenszeichen er tropft eine Büchse klappert meine Haare nie trocken keinerlei Elektrizität unmöglich sie aufzubauschen ich kämme sie das kommt vor sieh da ein anderer Gegenstand zurück das ist ein anderes meiner Hilfsmittel jetzt nicht mehr dritter Teil sieh da ein anderer Unterschied

die Stimmung anfangs bevor die Ereignisse sich

überstürzen befriedigend ah die Seele die ich zu jener Zeit hatte von einem Gleichmut deshalb gab man mir einen Gefährten

es ist immer noch mein Tag erster Teil vor Pim mein Leben vorliegende Fassung ganz am Anfang Fetzen ich komme wieder zu mir zu meinem Platz im Dunkel im Dreck ich presse den Sack er tropft eine Büchse klappert ich bereite mich vor ich breche auf Ende der Reise

von Glück sprechen man zögert dieses kleine Wort von Glück sprechen erste Spargel Geschwür das aufplatzt aber gute Momente das ja doch doch vor Pim mit Pim nach Pim ungeheure Zeiten was ich auch sagen mag gute Momente weniger gute das auch man muß darauf gefaßt sein ich höre es murmele es sofort teure Fetzen aufgefangen irgendwo das ist besser jemand der lauscht ein anderer der niederschreibt oder derselbe nie ein Seufzer eine Träne dann und wann eine innere eine Perle keinerlei Laut ungeheure Zeiten der natürliche Ablauf

plötzlich wie alles was geschieht sich nur noch mit den Fingernagelspitzen an seiner Art dem der Lacher des Freitags halten alpinistisches oder speläologisches Bild gräßlicher Augenblick hier ist es wo die Worte ihren Nutzen haben der Dreck ist stumm hier also diese Prüfung vor dem Aufbruch rechtes Bein rechter Arm schiebe ziehe zehn Meter fünfzehn Meter zu Pim ohne es zu wissen noch vorher eine Büchse klappert ich falle damit einen Moment dauern

Grund zum Lachen beinahe wirklich wenn man daran denkt sich abrutschen fühlen und sich wieder anklammern indem man muckt kurze Bewegungen der unteren Gesichtshälfte keinerlei Laut wenn man daran denken könnte an das was man beinahe verloren hätte dann an diesen prächtigen Dreck es hört auf zu keuchen und ich höre ganz leise etwas zum Lachen die ganze Woche lang wenn man daran denken könnte

Entweichen wie aus einem Ballon es ist Luft von der wenigen die übrigbleibt von jener der man verdankt noch auf den Beinen zu sein lachend weinend und sagend was man denkt nichts Körperliches die Gesundheit ist nicht bedroht ein Wort von mir und ich bin wieder ich drücke mit offenem Mund um keine Sekunde zu verlieren ein Fist der einen Sinn hätte der durch den Mund entschlüpfte keinerlei Laut im Dreck

es kommt das Wort man spricht von Worten ich habe noch welche man muß es glauben in dieser Epoche zu meiner Verfügung ein einziges genügt aha das heißt Mama unmöglich mit offenem Mund es kommt sofort oder in extremis oder zwischen den beiden da ist Platz genug aha das heißt Mama oder etwas anderes ein anderes Geräusch ganz leise das etwas anderes heißt ganz gleich welches das erste das kommt um mir wieder meinen Rang zu verleihen

die Zeit die vergeht wird mir erzählt und die vergangene Zeit ungeheure Zeiten es hört auf zu keuchen und Fetzen einer ungeheuren Erzählung wie gehört so gemurmelt in diesen Dreck der mir erzählt wird im Ablauf dem natürlichen dritter Teil da ist es wo ich mein Leben habe

mein Leben im Ablauf mehr oder weniger im Präsens mehr oder weniger erster Teil vor Pim wie es war diese so alten Dinge die Reise letzte Etappe letzter Tag ich komme wieder zurück zu mir zu meinem Platz presse den Sack er tropft eine Büchse klappert Artverlust stummes Wort das ist der Anfang meines Lebens vorliegende Fassung ich kann aufbrechen mein Leben fortsetzen es wird wieder ein Mensch sein

was zuerst zuerst trinken ich lege mich auf den Bauch das dauert einen guten Moment ich dauere damit einen Moment der Mund öffnet sich endlich die Zunge kommt heraus geht in den Dreck es dauert einen guten Moment es sind gute Momente vielleicht die besten wie soll man wählen das Gesicht im Dreck der

Mund offen der Dreck im Mund der Durst der sich verliert die wiedereroberte Menschheit

manchmal in dieser Lage ein schönes Bild schön ich meine wegen der Bewegung der Farbe der Farben Blau und Weiß der Wolken im Wind gerade an jenem Tage unterm Dreck ein schönes Bild ich werde es beschreiben es wird beschrieben werden dann der Aufbruch rechtes Bein rechter Arm schiebe ziehe auf Pim zu er existiert nicht

manchmal in dieser Lage schlafe ich wieder ein die Zunge kehrt wieder zurück der Mund schließt sich der Dreck tut sich auf ich bin es der wieder einschläft aufhört zu trinken und wieder einschläft oder die Zunge draußen und trinke die ganze Nacht die ganze Zeit des Schlafs das ist meine Nacht vorliegende Fassung ich habe keine andere die Zeit des Schlafs Schritt von wievielen auf den letzten zu den der Menschen auch der Tiere ich erwache frage es mich ich zitiere immerzu dauere einen Moment damit es ist ein anderer meiner Notbehelfe

die Zunge belädt sich mit Dreck das kommt auch vor eine einzige Abhilfe dann sie wieder einziehen und sie drehen im Mund den Dreck ihn hinunterschlukken oder ihn ausspucken Frage ob er nahrhaft ist und Aussichten damit einen Moment dauern ich fülle mir damit den Mund das kommt auch vor das ist ein anderer meiner Notbehelfe damit einen Moment dauern Frage ob er hinuntergeschluckt mich nähren würde und Aussichten die sich eröffnen es sind gute Momente

rosa im Dreck die Zunge schiebt sich wieder hervor was tun die Hände während dieser Zeit man muß immer sehen versuchen zu sehen was die Hände tun was sie versuchen zu tun nun ja die linke wir haben es gesehen sie preßt den Sack immerzu und die rechte

die rechte ich schließe die Augen nicht die blauen die anderen dahinter und endlich glaube ich sie zu sehen drüben rechts am Ende ihres in der Achse des Schlüsselbeins maximal ausgestreckten Arms ich sage es wie ich es höre die sich öffnet und sich wieder schließt im Dreck sich öffnet und sich wieder schließt es ist ein anderer meiner Notbehelfe das hilft mir

sie kann nicht weit weg sein einen Meter kaum ich fühle sie weit weg eines Tages wird sie fortgehen auf ihren vier Fingern sie hat den Daumen verloren da ist etwas das nicht stimmt sie wird mich verlassen ich sehe sie schließe die Augen die andern und sehe sie sie wirft ihre vier Finger nach vorn wie Klettereisen die Spitzen dringen ein ziehen und so entfernt sie sich durch kleine waagerechte Klimmzüge mich davonmachen so Stückchen für Stückchen das hilft mir

und die Beine und die Augen die blauen geschlossen wahrscheinlich nein eben nicht da plötzlich das Bild da ist das letzte plötzlich da unterm Dreck ich sage es wie ich es höre ich sehe mich

ich halte mich für etwa sechzehn Jahre alt und es ist zur Erhöhung des Glücks liebliches Wetter Himmel eiblau und vorübereilende Wölkchen ich kehre mir den Rücken und das Mädchen auch das ich an der Hand halte das mich an der Hand hält was für einen Arsch ich habe

wir sind wenn ich den Farben glauben darf die das smaragdene Gras bestirnen wenn ich es ihnen glauben darf wir sind alter Traum von Blumen und Jahreszeiten im Monat April oder Mai und gewissen Requisiten wenn ich es ihnen glauben darf ein weißes Hindernis eine altrosa Tribüne wir sind auf einer Rennbahn im Monat April oder Mai

mit erhobenen Köpfen schauen wir so bilde ich mir ein wir haben so bilde ich mir ein die Augen geöffnet und schauen gerade vor uns hin Starrheit von Statuen auf beiden Seiten abgesehen von den Armen die schwingen die mit den verschlungenen Händen was noch in meiner freien oder linken Hand ein undefinierbarer Gegenstand und folglich in ihrer rechten das Ende einer kurzen Leine die sie mit einem Hund von gutem Wuchs aschgrau schrägsitzend gesenkter Kopf verbindet Starrheit eben dieser Hände

Frage warum eine Leine in diesem unermeßlichen Grün und allmähliches Entstehen von grauen und weißen Flecken Schäfchen allmählich inmitten ihrer Mütter was noch im Hintergrund der Landschaft vier Meilen fünf Meilen die bläuliche Masse eines Gebirges geringer Höhe unsere Köpfe überragen den Kamm

wir lassen unsere Hände los und machen kehrt ich rechtsherum sie linksherum sie gibt die Leine in ihre linke Hand und ich im gleichen Augenblick in meine rechte den Gegenstand jetzt ein kleiner weißlicher Ziegelstein die leeren Hände verschlingen sich die Arme schwingen der Hund hat sich nicht gerührt ich habe den Eindruck daß wir mich anschauen ich ziehe die Zunge herein schließe den Mund und lächele

von vorne gesehen ist das Mädchen weniger greulich es ist nicht sie die mich interessiert ich bleiches Haar eine Bürste dickes rotes Gesicht mit Pickeln vorspringender Bauch klaffender Hosenschlitz spindeldürre an den Knien eingeknickte X-Beine gespreizt zwecks besseren Halts Füße auseinander hundertdreißig Grad blödes halbes Lächeln am hinteren Horizont Bildnis des Lebens das aufgeht grüner Tweed gelbe Halbstiefel all diese Farben Himmelsschlüssel oder Ähnliches im Knopfloch

neue Kehrtwendung einwärts nach achtzig Grad flüchtiges Auge in Auge Übertragungen Wiederverbindung der Hände Schwingen der Arme Starrheit des Hundes was für einen Hintern ich habe

plötzlich hopp links rechts wir sind aufgebrochen Nase im Wind schwingende Arme der Hund folgt gesenkter Kopf Schwanz über den Hoden nichts zu tun mit uns er hat die gleiche Idee im gleichen Augenblick gehabt echt Malebranche in weniger rosig was für Literaturkenntnisse ich hatte wenn er pißt wird er es tun ohne stehenzubleiben ich schreie keinerlei Laut lass' sie im Stich und schneide dir schnell die Venen auf

kurzes Dunkel und da sind wir wieder da auf dem Gipfel der Hund setzt sich schräg ins Heidekraut senkt die Schnauze auf seinen schwarz-rosa Lümmel keine Kraft ihn zu lecken wir hingegen Kehrtwendung einwärts flüchtiges Auge in Auge Übertragungen Wiederverbindung der Hände Schwingen der Arme schweigend Genuß der See und Inseln Köpfe die sich wie ein einziger drehen auf die Dünste der Stadt zu schweigendes Ausfindigmachen der Bauwerke Köpfe die wie durch eine Achse miteinander verbunden wiederkehren

plötzlich essen wir Butterbrote mit abwechselnden Bissen jeder seines süße Worte wechselnd meine Liebste ich beiße sie schlingt mein Liebster sie beißt ich schlinge wir girren noch nicht bei vollem Mund

mein Liebling ich beiße sie schlingt mein Schatz sie beißt ich schlinge kurzes Dunkel und da sind wir wieder uns von neuem entfernend querfeldein Hand in Hand die Arme schwingend mit erhobenen Köpfen zu den Gipfeln den immer kleineren ich sehe den Hund nicht mehr ich sehe uns nicht mehr der Platz ist geräumt

einige Tiere noch die Schafe die wie zu Tage tretender Granit aussehen ein Pferd das ich nicht gesehen hatte stehend starr gekrümmtes Rückgrat gesenkter Kopf die Tiere wissen

Blau und Weiß des Himmels einen Moment noch Aprilmorgen unterm Dreck es ist vorbei es ist erledigt es erlischt ich habe das Bild gehabt der Platz bleibt leer einige Tiere dann erlischt es kein Blau mehr ich bleibe da da drüben rechts im Dreck die Hand öffnet sich und schließt sich wieder das hilft mir sie soll doch gehen es wird mir klar daß ich noch lächele es ist nicht mehr der Mühe wert seit langem ist es nicht mehr der Mühe wert

die Zunge kommt wieder heraus legt sich in den Dreck ich bleibe da kein Durst mehr die Zunge zieht sich wieder zurück der Mund schließt sich wieder er muß eine gerade Linie bilden jetzt es ist vorbei es ist erledigt ich habe das Bild gehabt

das hat wohl einen guten Moment dauern müssen damit habe ich einen Moment gedauert das haben gute Momente sein müssen bald wird Pim dran sein ich kann es nicht wissen die Worte können nicht kommen bald vorbei die Einsamkeit bald verloren jene Worte

ich habe gerade Gesellschaft gehabt ich weil es mich zerstreut ich sage es wie ich es höre mit einer kleinen Freundin unterm April- oder Maihimmel wir sind verschwunden ich bleibe da

da drüben rechts die Hand die zerrt der fest geschlossene Mund die aufgesperrten an den Dreck gepreßten Augen wir werden vielleicht wiederkommen es wird Abenddämmerung sein die Erde der Kindheit die allmählich aufleuchtet sterbende Bernsteinstreifen inmitten aschigen Graus das Feuer muß da gebrannt haben wenn ich uns wiedersehe sind wir schon ganz nahebei

es ist die Abenddämmerung wir gehen müde heim ich sehe nur noch die nackten Körperteile die gekoppelten gen Osten erhobenen Gesichter die sich bewegende Helle der verschlungenen Hände müde und langsam steigen wir wieder zu mir hinan und verschwinden

die Arme in der Mitte durchdringen mich und Teile der Körper Schatten quer durch einen Schatten der Platz ist leer unterm Dreck der letzte Himmel erlischt die Asche wird dunkler keine andere Welt mehr für mich als die meine sehr hübsch nur nicht so es geschieht nicht so

ich warte darauf daß wir vielleicht wiederkommen und wir kommen nicht wieder darauf daß womöglich der Abend mir murmelt was der Morgen mir gesungen hatte und an jenem Tage an jenem Morgen kein Abend

etwas anderes finden um weiter zu dauern Fragen um wen es sich handelte welche Wesen welcher Punkt der Erde diese Familie woher kommt mir dieser Kintopp diese Art lieber nichts ein Stück essen das hat einen Moment dauern müssen es muß noch schlimmere geben die enttäuschte Hoffnung ist nicht so übel vom Tag ist schon ein guter Teil vergangen ein Stück essen das wird einen Moment dauern es werden gute Momente sein

danach notfalls mein Schmerz welcher von allen der tiefe unerreichbare das ist besser das Problem meiner Schmerzen die Lösung damit einen Moment dauern danach der Aufbruch nicht wegen des Schmutzes etwas anderes man weiß nicht man sagt nicht Ende der Reise

rechtes Bein rechter Arm schiebe ziehe zehn Meter fünfzehn Meter Ankunft neuer Platz Wiederanpassung Gebet an den Schlaf derweil Fragen notfalls um wen es sich handelte welche Wesen welcher Punkt der Erde

es werden gute Momente sein dann weniger gute das auch man muß darauf gefaßt sein es wird die Nacht sein vorliegende Fassung ich werde schlafen können und wenn ich je wieder wach werde

und wenn ich je stummes Lachen wieder wach werde im Nu Katastrophe Pim Ende des ersten Teils nur noch der zweite dann der dritte nur noch der dritte und letzte es hört auf zu keuchen ich liege auf der Seite welche die rechte das ist besser ich halte die Ränder des Sacks auseinander Fragen worauf mein Gott könnte ich Lust haben worauf Hunger was war meine letzte Mahlzeit diese Familie die Zeit vergeht ich bleibe

es ist die Szene des Sacks die beiden Hände halten seine Ränder auseinander worauf kann man noch Lust haben die linke taucht hinein in den Sack es ist die Szene des Sacks und der Arm hinterher bis zur Achsel und dann

sie irrt zwischen den Büchsen umher ohne sich die Mühe zu geben sie zu zählen verheißt davon ein gutes Dutzend packt sich wer weiß die letzten Krabben diese Einzelheiten damit etwas da ist

sie nimmt die kleine ovale Büchse heraus übergibt sie der anderen Hand kehrt wieder zurück um den Büchsenöffner zu suchen findet ihn endlich bringt ihn ans Licht den Büchsenöffner man spricht vom Büchsenöffner mit dem spindelförmig geschnitzten beinernen Griff das Tastgefühl sagt es Ruhe

die Hände was tun die Hände während der Ruhe schwer zu sehen zwischen Daumen und Zeigefinger beziehungsweise Kuppe und äußerer Seite des zweiten Fingerglieds da ist etwas das nicht stimmt sie zwicken den Sack und mit den übrigen Fingern drücken sie die Dinge an die Handflächen die Büchse den Büchsenöffner diese Einzelheiten lieber als nichts

ein Fehler die Ruhe man spricht von Ruhe ein Fehler wieviele Male plötzlich in diesem Stadium ich sage es wie ich es höre in dieser Lage die Hände plötzlich leer den Sack zwickend den Sack immerzu das ja immerzu was den Rest anbetrifft sind sie plötzlich leer

aufgeregt im Dreck den Büchsenöffner suchen der mein Leben ist aber wovon könnte ich nicht ebensoviel sagen wovon schon immer mein kleines verirrtes Immer eine ungeheure Zeit

also Ruhe meine Fehler sind mein Leben die Knie heben sich wieder der Rücken krümmt sich der Kopf legt sich auf den Sack zwischen die Hände meinen Sack meinen mein Körper meiner all diese Teile jedes Teil

ich sagen ich um etwas zu sagen um zu sagen was ich höre wenn es aufhört zu keuchen in einem Verlies würde ich endlich den Nabel sehen der Atem ist da er würde einen Eintagsfliegenflügel nicht erzittern lassen ich fühle den Mund der sich öffnet auf dem dreckigen Unterleib sah ich eines günstigen Tages mit Verlaub Heraklits des Dunklen hoch oben im Blau zwischen den großen schwarzen ausgebreiteten regungslosen Flügeln sah ich den schneeigen Leib ich weiß nicht welchen Seglers hängen der heulende Albatros südlicher Seen was für Kenntnisse ich hatte mein Gott was für Naturkenntnisse was für gute Momente ich hatte

aber letzter Tag der Reise es ist ein guter Tag ohne Ausfälle ohne Zugaben wie zur Ruhe aufgebrochen so wiedergekehrt die Hände wie sie ich verlassen hatte ich werde nichts verlieren nichts mehr sehen

der Sack mein Leben das ich nie loslasse hier lasse ich es los brauche beide Hände wie wenn ich reise eins aus dem anderen im Kopf was für Feuersbrünste leer und dunkel wie ein Wunder dann plötzlich wie eine Handvoll Hobelspäne die aufflammen der Anblick dann

brauche Reise wann werde ich schwach genug sprechen später später eines Tages schwach wie ich eine Stimme meine

mit beiden Händen also wie wenn ich reise oder mir den Kopf damit halte mir damit hielt dort oben im Licht lasse ich den Sack los aber Moment mal er ist mein Leben ich lege mich also darauf eins immer aus dem anderen

sie quetschen mir die Rippen durch die Jute hindurch die Kanten der letzten Büchsen wirre Kanten verfaulte Jute obere Rippen rechte Seite ein wenig oberhalb der Stelle wo man sie sich hält hielt an jenem Tage wird mir mein Leben nicht entwischen dieses Leben noch nicht

wenn ich geboren bin dann nicht linkshändig die rechte Hand übergibt die Büchse der anderen und diese jener im gleichen Augenblick das Werkzeug hübsche Bewegung kleiner Wirbel der Finger und Handflächen kleines Wunder dank dem kleines Wunder unter so vielen anderen dank denen ich noch lebe noch lebte

nur noch essen zehn zwölf Episoden die Büchse öffnen dem Werkzeug einen Platz geben allmählich die offene Büchse an die Nase führen einwandfreie Frische ferner Lorbeerduft des Glücks träumen oder nicht die Büchse leeren oder nicht sie wegwerfen oder nicht das alles man sagt nicht ich sehe nicht nicht so wichtig mir den Mund wischen das ohnehin und so fort und schließlich

den Sack in meine Arme nehmen den so leichten fest

an mich schmiegen meine Wange darauf betten es ist die große Szene des Sacks sie ist geschafft ich habe sie hinter mir der Tag ist weit fortgeschritten die Augen endlich schließen und meinen Schmerz erwarten damit ich mit ihm noch ein wenig dauern kann und derweil

vergebliches Gebet an den Schlaf ich habe noch kein Recht darauf ich habe ihn noch nicht verdient Gebet um des Gebets willen wenn alles fehlt wenn ich an die Seelen denke in Qualen an die wahren Qualen an die wahren Seelen die nie ein Recht darauf haben auf Schlaf man spricht von Schlaf ich habe einmal für sie gebetet einem alten Bilde zufolge es ist vergilbt

wieder ich immer und überall im Licht unbestimmtes Alter Rückenansicht kniend die Hinterbacken in der Luft oben auf einem Kehrichthaufen bekleidet mit einem Sack mit aufgerissenem Boden um den Kopf durchzulassen zwischen den Zähnen der waagerechte Schaft einer breiten Fahne auf der ich lese

in deiner Huld mögen sie schlafen von Zeit zu Zeit die großen Verdammten hier unlesbare Worte in den Falten dann träumen vielleicht von der guten Zeit die sie ihren Irrungen verdankten während dieser Zeit werden die Dämonen sich ausruhen zehn Sekunden fünfzehn Sekunden

Schlaf einziges Gut kurze Bewegungen der unteren Gesichtshälfte keinerlei Laut einziges Gut komm und lösche diese beiden alten Kohlen die nichts mehr zu sehen haben und diesen alten vom Feuer zerstörten Ofen und in diesem ganzen Lumpen

diesem ganzen Lumpen von einem Ende zum anderen von den Haaren zu den Nägeln der Füße und der Finger das geringe Gefühl das er noch von dem bewahrt was er in jedem seiner Teile ist und Traum

Traum komm von einem Himmel einer Erde einem Untergrund wo ich undenkbar wäre oh weh keinerlei Laut im Arsch ein glühender Pfahl an jenem Tage beteten wir nicht weiter

wieviele Male auf den Knien wieviele Male von hinten auf den Knien unter allen Gesichtswinkeln von hinten in allen Stellungen auf den Knien und von hinten zugleich wenn ich es nicht war war es immer derselbe armselige Trost

eine Hinterbacke zweimal zu groß die andere zweimal zu klein es sei denn eine optische Täuschung wenn man hier scheißt wischt der Dreck einen rein ich habe jahrhundertelang nicht mehr daran gerührt das heißt im Verhältnis vier zu eins ich habe die Arithmetik immer geliebt sie hat es mir gut gelohnt bei Pim waren sie wenn auch klein so doch gleich groß er hätte eine dritte gebraucht ich stieß den Büchsenöffner hinein wahllos da ist etwas das nicht stimmt aber zuerst fertigwerden mit meinem Reiseleben erster Teil vor Pim wie es war nur noch der zweite dann der dritte nur noch der dritte und letzte

von der Zeit da ich noch an den Wänden entlangschlich inmitten von Meinesgleichen und Brüdern ich höre es und murmele es daß ich damals dort oben im Licht bei jedem körperlichen Schmerz da der seelische mich eiskalt ließ um Hilfe brüllte in einem von hundert Fällen mit einem gewissen Glück

wie als ich ausnahmsweise trunken in der Stunde der Müllabfuhr mich darauf versteifend den Aufzug zu verlassen mit meinem Fuß zwischen Treppenabsatz und Fahrstuhl hängenblieb und wie man mit der Uhr in der Hand zwei Stunden später herbeistürzte nachdem man vergebens nach ihm auf den Knopf gedrückt hatte

alter Traum ich mache nicht mit oder ich mache mit es hängt davon ab man sagt nicht wovon von den Tagen es hängt von den Tagen ab adieu Ratten das Schiff ist gescheitert etwas weniger das ist alles was man erfleht etwas weniger von irgendetwas irgendwie irgendwann etwas weniger von der Zeit den Zeiten Perfekt Präsens Futurum und zweites Futurum von sein und nicht sein los los Fortsetzung und Schluß erster Teil vor Pim

Feuer im Rektum wie überwunden Überlegungen über die Passion des Schmerzes unaufhaltsamer Aufbruch damit zusammenhängende Vorbereitungen Strecke ohne Zwischenfall plötzliche Ankunft im sicheren Hafen letzte Lichter Erlöschen und hop ist es ein Traum

ein Traum wenig Aussichten Tod des Sacks Hinterbacken Pims Ende des ersten Teils nur noch der zweite dann der dritte nur noch der dritte nur noch der dritte und letzte Thalia erbarme dich ein Blatt von deinem Efeu

schnell den Kopf in den Sack wo ich mit Verlaub gesagt alles Leid aller Zeiten habe es schert mich soviel wie der böse Blick und es gibt ein unbändiges Gelächter in jeder Zelle die Büchsen klappern dabei wie Kastagnetten der Dreck gluckst unter meinem geschüttelten Körper ich furze und pisse zugleich

günstiger Tag letzter der Reise alles verläuft aufs beste der Spaß flaut ab zu alt die Zuckungen lassen nach ich kehre zur freien Luft zurück zu ernsten Dingen ich brauchte nur den kleinen Finger zu heben um in Abrahams Schoß zu fliegen ich würde ihm sagen ihn sich irgendwo hinzustecken

einige Überlegungen nichtsdestotrotz in Erwartung von Besserem über die Brüchigkeit der Euphorie bei den verschiedenen Ordnungen des Tierreichs beginnend bei den Schwämmen wenn los ich kann keine Sekunde länger bleiben diese Episode fällt also weg

die Exkremente nein sie sind ich aber ich liebe sie die alten Büchsen die schlecht geleerten lässig losgelassenen nein etwas anderes der Dreck verschlingt alles mich allein trägt er meine zwanzig Kilo dreißig Kilo er gibt darunter ein wenig nach dann gibt er nicht mehr nach ich fliehe nicht ich gehe ins Exil

immer an der gleichen Stelle bleiben nie einen anderen Ehrgeiz gehabt mit meinem geringen trägen Gewicht in diesem lauwarmen Schlamm meine Suhle aushöhlen und mich nicht mehr hinausbewegen dieser alte Traum der wiederkehrt ich lebe ihn zur Zeit die ist und noch lange sein wird beginne zu begreifen was es wert ist was es wert war

ein ganzes Maul voll schwarzer Luft und endlich damit fertigwerden mit meinem Reiseleben vor Pim erster Teil wie es war vor dem anderen dem unbeweglichen mit Pim nach Pim wie es war wie es ist ungeheure Zeiten in denen ich nichts mehr sehe seine Stimme höre dann jene ferne andere von den zweiunddreißig Windstrichen gekommene vom Zenit und aus den Tiefen dann in mir wenn es aufhört zu keuchen Fetzen ich murmele sie

mit dieser Unruhe Grund dafür daß keine Sekunde länger hier wo ich so wohl bin unfähig den kleinen Finger zu heben selbst wenn ich dadurch erreichen könnte daß sich unter mir der Dreck auftäte und sich dann wieder schlösse

Frage alte Frage ob ja oder nein dieser Aufruhr alle ob alle Tage dieses Wort das man hören muß murmeln muß dieser Aufruhr ob alle Tage ob er mich alle Tage aufhebt und so aus meiner Suhle wirft

und der Tag so nahe endlich seinem Ende ob er nicht aus tausend Tagen besteht gute alte Frage immer schrecklich für den Kopf die sich in Bezug auf alles und nichts erheben kann was von großer Schönheit ist

den Chronometer von Pim haben da ist etwas das nicht stimmt und keine Zeit zu messen haben ich esse also nicht mehr nein ich trinke nicht mehr und esse nicht mehr rühre mich nicht mehr und schlafe nicht mehr sehe nichts mehr tue nichts mehr das kommt vielleicht wieder das alles ein Teil ich höre ja sagen dann nein

die Stimme die Zeit der Stimme messen sie ist nicht meine die Stille die Zeit der Stille messen das könnte mir helfen ich werde sehen etwas tun irgendetwas herrje

Gott verfluchen keinerlei Laut mir die Zeit merken im Kopf und warten bis Mittag Mitternacht Gott verfluchen oder ihn preisen und warten mit der Uhr in der Hand aber die Tage dieses Wort schon wieder wie soll man es machen ohne Gedächtnis einen Lappen vom Sack reißen Knoten machen oder der Strick keine Kraft

aber zuerst damit fertigwerden mit meinem Reiseleben erster Teil vor Pim namenlose Unruhe im Dreck ich bin es ich sage es wie ich es höre der in dem Sack wühlt den Strick herauszieht seine Ränder zusammenschnürt ihn sich um den Hals hängt sich herumdreht auf den Bauch adieu sagt keinerlei Laut und aufbricht

zehn Meter fünfzehn Meter Halbflanke links rechter Fuß rechte Hand schiebe ziehe auf dem Bauch stumme Stoßgebete Halbflanke rechts linker Fuß linke

Hand schiebe ziehe auf dem Bauch stumme Stoßgebete kein Jota zu ändern an dieser Beschreibung

hier wirre Berechnungen wonach ich nicht mehr als ein paar Sekunden von der Richtung abweichen konnte die mir eines Tages eines Nachts beim undenkbaren Start eingeprägt wurde vom Zufall von der Notwendigkeit ein wenig von beiden es ist eins es war eins von den dreien von Westen das fühlt man von Westen nach Osten

und so im Dreck im Dunkel auf dem Bauch in gerader Linie etwas mehr etwas weniger zweihundert dreihundert Kilometer das heißt in achttausend Jahren wenn ich nicht haltgemacht hätte die Reise um die Erde das heißt so viel wie

man sagt nicht wo ich wohl meine Erziehung genossen meine arithmetischen astronomischen ja sogar physischen Kenntnisse erworben haben kann sie haben mich geprägt das ist die Hauptsache

tief in diesen Gedanken fühle ich nicht meine Müdigkeit sie äußert sich nichtsdestoweniger mühsamerer Wechsel von einer Seite auf die andere Verlängerung der Bauchlage auf halbem Wege Vermehrung der stummen Flüche plötzliche Quasigewißheit daß es nur noch eines Zentimeters bedarf damit ich in eine Schlucht falle oder an eine Mauer pralle obgleich nichts wer wüßte es besser als ich zu hoffen ist von dieser Seite das reißt mich aus meiner Träumerei ich bin angelangt

die Leute dort oben die sich beklagten nicht zu leben seltsam in solchem Moment eine solche Blase im Kopf alle tot jetzt andere jetzt für die es kein Leben ist und die sehr seltsame Fortsetzung nämlich daß ich sie begreife

alles begriffen immer außer zum Beispiel die Geschichte die Geographie alles begriffen und nichts zu verzeihen gewußt niemals etwas wirklich mißbilligt nicht einmal die Grausamkeit gegen Tiere nichts geliebt

eine solche Blase dann sie platzt der Tag kann mir nicht mehr viel anhaben

es darf nicht zu schwach sein einverstanden wenn man es noch schwächer machen will nein es soll möglichst schwach sein dann noch schwächer ich sage es wie ich es höre jedes Wort immer

mein Tag mein Tag mein Leben so immer die alten Worte die wiederkehren nicht mehr viel nur daß ich mich wieder akklimatisiere dann dauere bis zum Schlaf nicht im Wahnsinn einschlafen oder aber es ist nicht der Mühe wert

im Wahnsinn oder noch schlimmer verwandelt à la Hæckel geboren in Potsdam wo ebenfalls unter anderen Klopstock lebte und wirkte wenngleich in Altona begraben der Schatten den er wirft

abends angesichts der großen Sonne oder mit dem Rücken zu ihr ich weiß es nicht mehr man sagt es nicht der große Schatten den sie wirft zum heimatlichen Osten was für eine Bildung ich hatte mein Gott eine humanistische und dazu ein wenig Geographie

nicht mehr viel aber im Schwanz das Gift ich bin am Ende meines Lateins es heißt wachsam sein also einen guten Moment betäubt auf dem Bauch dann plötzlich beginne ich ich kann es nicht glauben zu lauschen

zu lauschen als ob ich am Vorabend von Nowaja Semlja aufgebrochen was für Geographiekenntnisse ich hatte gerade wieder zu mir zurückgekehrt wäre in ein subtropisches Landratsamt so war ich so war ich geworden oder war ich immer gewesen es ist das eine oder das andere

Frage ob immer gute alte Frage ob immer so

seitdem die Welt Welt für mich aus dem Gemurmel meiner Mutter in das unglaubliche Tohuwabohu geschissen

so daß ich keinen Schritt gehen könnte vor allem nachts ohne auf einem Fuß stehenzubleiben mit geschlossenen Augen angehaltenem Atem lauernd auf Verfolger und Hilfe

ich schließe die Augen immer die gleichen und sehe mich aufgerichteter Kopf Weh im Nacken Hände verkrampft im Dreck da ist etwas das nicht stimmt ganz zurückgehaltener Atem es dauert ich dauere so einen guten Moment bis zum kurzen Beben der unteren Gesichtshälfte Zeichen dafür daß ich mir etwas sage dazu gekommen bin mir etwas zu sagen

was kann man sich wohl sagen in solchen Momenten eine kleine hoffnungslose Trostperle umso besser umso schlimmer diese Art nur nicht so kalt recht so leider diese Art nur nicht so warm Freud und Leid diese beiden die Summe dieser beiden geteilt durch zwei und lauwarm wie in der Vorhölle

es ist schnell gesagt wenn es mal gefunden es ist schnell gesagt die Lippen erstarren und alles Fleisch rundherum die Hände öffnen sich der Kopf fällt wieder hinunter ich sinke ein wenig mehr dann nicht mehr es ist das gleiche Königreich wie immer wie vorhin und immer ich bin nie aus ihm hinausgelangt es ist grenzenlos

Gott weiß ob ich oft glücklich bin aber nie glücklicher nie so glücklich wie in diesem Augenblick Glück Unglück ich weiß ich weiß aber man kann darüber plaudern

dort oben wenn ich dort oben wäre die Sterne schon und auf den Glockentürmen die kurze Stunde es bleibt nun nur noch wenig auszuhalten ich würde gerne so bleiben immer aber das geht nicht

den Strick lösen am Sack am Hals ich tue es es muß sein man ist so eingestellt meine Finger tun es ich fühle es

im Dreck im Dunkel das Gesicht im Dreck die Hände irgendwie da ist etwas das nicht stimmt der Strick in der Hand der ganze Körper irgendwie es ist bald so als ob ich da an dieser einzigen Stelle gelebt ja immer gelebt hätte

Gott irgendwo manchmal in diesem Augenblick aber ich habe einen guten Tag getroffen ich würde wohl ein bißchen essen aber ich werde nicht essen der Mund öffnet sich die Zunge kommt nicht heraus der Mund schließt sich bald wieder links begleitet mich der Sack ich lege mich auf die rechte Seite und nehme den so leichten in meine Arme die Knie erheben sich wieder der Rücken krümmt sich der Kopf hat sich gerade auf den Sack gelegt wir haben sie schon haben müssen diese Bewegungen irgendwo wenn sie die letzten sein könnten

nun ja oder nein eine Falte des Sacks zwischen den Lippen das kommt vor nicht im Mund zwischen den Lippen in der Vorhalle

ungeachtet des Lebens das man mir gab bin ich dicklippig geblieben zwei dicke Lippen für die Küsse gemacht denke ich mir scharlachrot denke ich mir sie strecken sich noch ein wenig vor öffnen sich und schließen sich über einer Runzel des Sacks es ist etwas vom Pferd daran

ja oder nein man sagt nicht ich sehe nicht andere Möglichkeiten mein Gebet an den Schlaf wiederholen und darauf warten daß er herabsinkt daß er sich unter mir öffnet endlich in den ruhigen Wassern und mehr denn je in Gefahr da am Ende der Paraden eins immer aus dem anderen

noch Worte finden da sie doch alle verschwendet sind noch kurze Bewegungen der unteren Gesichtshälfte er würde gute Augen brauchen der Zeuge wenn es einen Zeugen gäbe gute Augen eine gute Lampe er würde sie haben die guten Augen die gute Lampe

dem abseits sitzenden Schreiber würde er verkünden Mitternacht nein zwei Uhr drei Uhr Ballast Office Zeit kurze Bewegungen der unteren Gesichtshälfte keinerlei Laut es sind meine Worte die das machen es ist das was meine Worte macht ich werde wieder in der Menschheit einschlafen mit knapper Not

der Staub damals die Steine aus Kalk und Granit durcheinander aufgestapelt um eine Mauer zu bilden weiter weg der blühende Dornstrauch Dornenhecke grün und weiß Liguster und Dornen durcheinander

die Staubschicht die es gab die kleinen für ihr Alter großen Füße bloß im Staub

die Schulmappe unterm Hintern der Rücken an der Mauer die Augen ins Blaue erheben schwitzend erwachen das Weiß das es gab die Wölkchen durch die man das Blau sah die Steine warm durch das waagerecht gestreifte blau-weiße Trikot

die Augen erheben Gesichter suchen am Himmel Tiere einschlafen und da ein schöner junger Mann einem schönen jungen Mann begegnen mit goldenem

Kinnbart bekleidet mit einer Alba schwitzend erwachen und Jesus im Traum begegnet sein

diese Art ein Bild nicht für die Augen aus Worten gemacht nicht für die Ohren der Tag ist beendet ich bin in Sicherheit bis morgen der Dreck öffnet sich ich gehe bis morgen der Kopf auf dem Sack die Arme rundherum der Rest irgendwie

kurzes Dunkel langes Dunkel wie soll man es wissen und da bin ich wieder unterwegs hier fehlt etwas nur noch zwei drei Meter und es ist der Abgrund nur noch zwei drei letzte Fetzen und es ist vorbei vorbei der erste Teil nur noch der zweite dann der dritte nur noch der dritte und letzte hier fehlt etwas Dinge die man schon weiß oder die man nie wissen wird es ist das eine oder das andere

ich komme an und falle wie die Nacktschnecke fällt nehme den Sack in meine Arme er wiegt nichts mehr nichts mehr worauf ich meinen Kopf legen könnte ich presse einen Lumpen ich werde nicht sagen an mein Herz

keine Aufregung alles ist verloren der Boden ist aufgerissen die Nässe das Schleppen der Verschleiß die Umarmungen die Generationen ein alter Kohlensack fünfzig Kilo eins aus dem anderen alles weg die

Büchsen der Büchsenöffner ein Büchsenöffner ohne Büchsen das bleibt mir erspart Büchsen ohne Büchsenöffner das werde ich diesmal in meinem Leben nicht gehabt haben

noch soviel andere Dinge soviel eingebildete nie genannte nie gekonnt nützliche notwendige schöne dem Tastgefühl nach alles was man mir gegeben hatte vorliegende Fassung wie weit weg das ist alles außer dem Strick ein aufgerissener Sack ein Strick alter Sack ich sage es wie ich es höre es murmele in den Dreck alter Sack alter Strick euch euch bewahre ich

kleine Fortsetzung um weiter zu dauern den Strick entflechten zwei daraus machen den Boden des Sacks zubinden ihn mit Dreck füllen seine obere Öffnung zubinden es wird ein gutes Kopfkissen geben es wird sanft sein in meinen Armen kurze Bewegungen der unteren Gesichtshälfte wenn es die letzten sein könnten

wann die letzte Mahlzeit die letzte Reise was habe ich getan wo bin ich vorbeigekommen diese Art stummes Gebrüll Verlassenheit Hoffnungsschimmer fahriger Aufbruch den Strick um den Hals den Sack im Mund ein Hund hier Verlassenheit Ergebnis der Hoffnung eins aus dem anderen der ewigen geraden Linie Ergebnis des frommen Wunsches nicht vorzeitig zu sterben im Dunkel im Dreck ohne von anderen Ursachen zu sprechen

nur eins zu machen umkehren im Kreis herumkriechen notfalls und ich bewege mich voran im Zickzack zwar meiner Konstitution gemäß vorliegende Fassung auf der Suche nach dem was ich verloren habe wo ich nie gewesen bin

teure Zahlen wenn alles fehlt ein paar Zahlen um fertigzuwerden erster Teil vor Pim die goldene Zeit die guten Momente die Artverluste ich war jung ich klammerte mich daran an die Art man spricht von der Art der menschlichen indem ich mir sagte kurze Bewegungen keinerlei Laut zwei und zwei zwei mal zwei und so fort

also plötzliche Wendung nach links das ist besser fünfundvierzig Grad und zwei Meter geradeaus so mächtig ist die Gewohnheit dann nach rechts rechter Winkel und geradeaus vier Meter teure Zahlen dann nach links rechter Winkel und voran schnurgerade vier Meter dann nach rechts rechter Winkel genug und so weiter bis zu Pim so einerseits und andererseits der aufgegebenen Geraden Ergebnis der Hoffnung Serie von Sägezähnen oder stumpfen Winkeln zwei Meter lange Seiten drei Meter lange Base etwas weniger diese letzte in der ehemaligen Kurslinie die ich so wiederfinde einen Augenblick lang zwischen zwei Apogäen anderthalb Meter etwas weniger teure Zahlen goldene Zeit so geht sie zu Ende erster Teil vor Pim mein Reiseleben eine ungeheure Zeit ich war jung alles das so goldene Zeit Winkel Apogäen jedes Wort immer so wie ich es höre in mir das draußen war quaqua überallher und es murmele in den Dreck wenn es aufhört zu keuchen ganz leise Fetzen

linke Halbflanke rechter Fuß rechte Hand schiebe ziehe platt auf dem Bauch Gott verfluchen ihn preisen ihn anflehen keinerlei Laut mit Füßen und Händen im Dreck herumwühlen was erhoffe ich eine verlorene Büchse wo ich nie gewesen bin eine schlecht geleerte vor mir weggeworfene Büchse das ist alles was ich erhoffe

wo ich nie gewesen bin aber andere vielleicht lange vorher kurz vorher beides eine Prozession welch ein Trost in der Verlegenheit die anderen welch ein Trost

jene die sich vorn fortschleppen jene die sich hinten

fortschleppen denen geschehen ist geschehen wird was euch geschieht endloser Zug aufgerissener Säcke zugunsten aller

oder eine himmlische Büchse wunderbarer Sardinen von Gott gesandter bei der Nachricht von meinem Mißgeschick etwas um ihn acht Tage länger auszukotzen

rechte Halbflanke linker Fuß linke Hand schiebe ziehe platt auf dem Bauch stumme Flüche im Dreck wühlen alle halbe Meter acht Mal pro Winkel das heißt eine Nettostrecke von drei Metern etwas weniger gekrümmt zum Griff taucht die Hand anstelle des vertrauten Schlamms eine Hinterbacke zwei Schreie davon ein stummer Ende des ersten Teils das ist es wie es war vor Pim

II

hier also endlich zweiter Teil wo ich noch sagen muß wie es war wie ich es höre in mir was draußen war quaqua überallher Fetzen wie es war mit Pim eine ungeheure Zeit ganz leise im Dreck in den Dreck wenn es aufhört zu keuchen wie es war mein Leben man spricht von meinem Leben im Dunkel im Dreck mit Pim zweiter Teil nur noch der dritte und letzte da ist es wo ich mein Leben habe wo ich es gehabt habe wo ich es haben werde ungeheure Zeiten dritter Teil und letzter im Dunkel im Dreck ganz leise Fetzen

glückliche Periode in ihrer Art zweiter Teil man spricht vom zweiten Teil mit Pim wie es war gute Momente gut für mich man spricht von mir für ihn auch man spricht von ihm auch glücklich auch in seiner Art ich werde es später wissen ich werde wissen welcher Art sein Glück ich werde es haben ich habe noch nicht alles gehabt

also schwacher schriller Schrei Vorgeschmack jenes

Halbkastratengemurmels das ich werde ertragen müssen während keine Zahlen mehr sieh da noch ein kleiner Unterschied zum Vorhergehenden nicht mehr die kleinste Zahl hinfort alle Maße vage ja vage Eindrücke der Länge der räumlichen Länge zeitlichen Länge vage Eindrücke der Kürze zwischen beiden und folglich keine Berechnungen mehr es sei denn algebraischer Art allenfalls ja ich höre ja sagen dann nein

ruckartig wie von einem Eisblock oder etwas Glühendheißem zieht meine Hand sich zurück schwebt in der Luft eine ganze Weile das ist vage sinkt dann langsam hinab und stützt sich fest wenn nicht schon ein wenig als Besitzer platt auf das wunderbare Fleisch perpendikulär zur Spalte der Stumpf des Daumens und die Erhöhungen Maus und gegenüberliegender Wulst auf der linken Hinterbacke die vier Finger auf der anderen die rechte Hand also wir liegen noch nicht Kopf bei Fuß

platt meinetwegen aber nichtsdestotrotz ein wenig gewölbt aus spontaner Scham das ist möglich sie konnte nicht geheuchelt sein und so ein wenig als Satteldach über die Spalte geworfen daher Berührung der rechten Hinterbacke weniger mit den Wülsten als mit den Fingernägeln zweiter Schrei des Schreckens zwar bei dem ich aber wie verloren im

Orchester ein kleines Flageolett der Freude herauszuhören glaubte schon eine Albernheit meinerseits das ist möglich

sieh da ein Imperfekt dieser Teil wird vielleicht im Imperfekt verlaufen wollen zweiter Teil mit Pim wie es war wieder ein kleiner Unterschied zum Vorhergehenden aber schnell ein Wort über meine Fingernägel sie werden ihre Rolle zu spielen haben

zu befürchten nanu daß ich in diesem Teil man sagt nicht erloschen bin das liegt noch nicht in meiner Konstitution man sagt gedrosselt bevor ich wieder erscheine wenn Pim verschwunden noch lebendiger wenn möglich als vor unserer Begegnung noch wie soll man sagen noch lebendiger es gibt nichts Besseres der den man allein nur sieht allein nur hört zuviel gesagt wie immer ja nun zu mir es ist zu befürchten die Nebenrollen

zu mir ohne den er nie Pim wäre man spricht von Pim nie und nimmer etwas anderes als ein regungsloses stummes für immer platt im Dreck liegendes Wrack ohne mich aber wie werde ich ihn beleben ihr werdet es sehen und ob ich es verstehe hinter mein Geschöpf zurückzutreten wenn sowas mir passiert nun meine Fingernägel schnell eine Vermutung ob dieser sogenannte Dreck nur unser aller Scheiße ist jawohl aller wenn wir nicht schon Billionen sind in diesem Moment und warum nicht da wir schon zwei wir waren es Billionen kriechend und scheißend in ihrer Scheiße wobei wir wie einen Schatz das Nötige um noch kriechen und scheißen zu können fest umarmen nun meine Fingernägel

meine Fingernägel na ja um nur von den Händen zu sprechen ohne von jenem östlichen Weisen zu sprechen waren in einem traurigen Zustand jenem fernöstlichen Weisen der da er die Fäuste geballt hatte vom zartesten Alter an das ist vage bis zur Stunde seines Todes man sagt nicht in welchem Alter da er das getan hatte

also die Stunde seines Todes man sagt nicht in welchem Alter sie endlich sehen konnte kurz vorher seine Fingernägel vor seinem Tod die nachdem die Handflächen ganz durchstoßen waren sie endlich sehen konnte die endlich auf der anderen Seite herauskamen und kurz danach da er so gelebt dies und das getan die Fäuste sein Leben lang geballt so gelebt hatte endlich starb indem er sich sagte letzter Hauch daß sie noch weiterwachsen würden

die Vorhänge gingen auf erster Teil ich sah die Freunde

die gekommen um ihn zu sehen wo er zusammengekauert im tiefen Schatten eines Grabes oder eines Bobaums die geballten Fäuste auf den Knien so lebte

sie brachen aus Mangel an Kalk oder Ähnlichem aber nicht gleichzeitig so daß die einen meine Fingernägel man spricht von meinen Fingernägeln die einen immer lang die anderen anständig ich sah ihn der träumte der Dreck tat sich auf es leuchtete auf ich sah ihn der träumte sie mit Hilfe eines Freundes oder ohne dieses Glück ganz allein im Traum an den Handrücken führen damit sie in entgegengesetzter Richtung hindurchwüchsen der Tod hinderte ihn daran

auf der rechten Hinterbacke Pims also erste Berührung er mußte sie knistern hören was für eine schöne Vergangenheit das ist ich hätte sie hineinstoßen können wenn ich gewollt hätte ich hatte Lust dazu reißen kratzen tiefe Ritzen das Gebrüll trinken das Blau der glühende Schatten der Kopf mit dem Turban über die Fäuste gebeugt der Freundeskreis in weißen Dhotis ohne so weit zu gehen

die Schreie sagen mir an welchem Ende der Kopf aber ich kann mich irren was macht eins aus dem anderen daß die Hand sich ohne loszulassen nach rechts bewegt es spaltet sich bald es ist genau das was ich dachte dann doch nach links damit keinerlei Zweifel besteht sie streicht wieder am Arsch vorbei oh ohne zu verweilen fällt in eine Vertiefung steigt wieder hinan mit dem Daumenstumpf am Rückgrat bis zu den falschen Rippen ich weiß woran ich bin was für Anatomiekenntnisse ich hatte ich brauche nicht weiter zu suchen er schreit immer noch ich weiß woran ich bin ich wiederhole es es geht nicht in der Vergangenheit auch nicht ich werde nie eine Vergangenheit haben nie gehabt haben

es ist gut es ist ein Meinesgleichen mehr oder weniger aber Mann Frau Mädchen Junge die Schreie haben weder gewisse Schreie weder Geschlecht noch Alter ich versuche ihn auf den Rücken zu drehen aber nein auf die rechte Seite auch nicht auf die linke noch weniger meine Kräfte schwinden gut gut ich werde Pim nie anders als platt auf dem Bauch liegend kennen

das alles ich sage es wie ich es höre jedes Wort immer und daß ich nachdem ich im Dreck zwischen den Beinen herumgewühlt schließlich etwas freigelegt habe was mir eine Hode oder zwei zu sein scheint was für Anatomiekenntnisse ich hatte

wie ich es höre und murmele im Dreck daß ich mich

wenn ich so sagen darf ein wenig voranhieve um den Schädel abzutasten er ist kahl nein annullieren das Gesicht das ist besser eine Masse Haare ganz weiß dem Tastgefühl nach ich weiß woran ich bin es ist ein kleiner Greis wir sind zwei kleine Greise da ist etwas das nicht stimmt

im Dunkel im Dreck mein Kopf an seinem meine Seite an seine gepreßt mein rechter Arm um seine Schultern er schreit nicht mehr wir bleiben so einen guten Moment es sind gute Momente

wie lange Zeit so ohne Bewegung ohne das geringste Geräusch sei es nur das der Atmung ungeheuer eine ungeheuere Zeit unter meinem Arm mitunter hebt ein Atemzug ihn langsam an der Atem verläßt ihn endlich und legt den Arm langsam wieder nieder ein Atemzug tiefer als sonst ein anderer würde sagen ein Seufzer

so beginnen wir unser gemeinsames Leben so ich sage nicht man sagt nicht wie andere es beenden beinahe umschlungen ich habe keine gesehen wie es scheint keine solche aber selbst die Tiere beobachten sich ich habe welche gesehen wie es scheint die dabei waren sich zu beobachten verstehe wer da wolle mir liegt nichts daran

beinahe umschlungen das ist zuviel gesagt wie immer

er kann mich nicht zurückstoßen es ist wie mit meinem Sack als ich ihn noch hatte dies providentielle Fleisch werde ich niemals loslassen nennt es Beständigkeit wenn ihr wollt

als ich ihn noch hatte ich habe ihn ja noch er ist in meinem Mund nein er ist nicht mehr darin ich habe ihn nicht mehr ich habe recht ich hatte recht

eine ungeheuere Zeit also für unseren Anfang im Zeitalter der Zahlen eine astromische unser Anfang des gemeinsamen Lebens und die Frage was ihm endlich ein Ende bereitet diesem langen Frieden und uns nähere Bekanntschaft machen läßt welche Widerwärtigkeit

eine kleine Weise plötzlich singt er eine kleine Weise plötzlich wie alles was nicht war dann ist ich höre sie an einen guten Moment es sind gute Momente das kann nur er sein aber ich kann mich irren

mein Arm biegt sich also der rechte das ist besser wodurch der sehr stumpfe Winkel zwischen dem Humerus und dem anderen zu einem sehr spitzen wird die Anatomie die Geometrie und meine rechte Hand sucht seine Lippen versuchen wir uns diese hübsche Bewegung näher anzusehen wenigstens ihren Abschluß unterm Dreck her steigt die Hand aufs Geratewohl hinan der Zeigefinger trifft den Mund es ist vage es ist gut gezielt der Daumen die Wange irgendwo da ist etwas das nicht stimmt Grübchen Jochbein das alles bewegt sich Lippen Wangenmuskeln und Haare es ist genau das was ich dachte er ist es er singt immerzu ich weiß woran ich bin

ich höre die Worte nicht heraus der Dreck erstickt sie oder es ist eine fremde Sprache er singt vielleicht ein »Lied« im Originaltext es ist vielleicht ein Fremder

ein Orientale mein Traum er hat entsagt ich werde auch entsagen ich werde keine Wünsche mehr haben

er kann also sprechen das ist die Hauptsache er ist sprachkundig ohne wirklich über das Problem nachgedacht zu haben ich mußte annehmen er sei es nicht da ich persönlich es nicht bin und in einer wahrscheinlich etwas allgemeineren Art es gäbe eine einzige Art zu sein dort wo ich war meine Art daß man dort singen könnte hätte ich nicht für möglich gehalten

feierlicher Augenblick jedenfalls wenn es je sowas gab welche Aussichten der den ersten Abschnitt unseres gemeinsamen Lebens abschließt und sich ein wenig auf den zweiten und weiß Gott letzten öffnet den an

Wechselfällen und Peripetien reicheren den vielleicht schönsten meines Lebens die Wahl ist schwer

eine menschliche Stimme dort ein paar Zentimeter entfernt mein Traum vielleicht sogar ein menschlicher Geist wenn ich Italienisch lernen muß wird es freilich weniger heiter sein

aber einige Überlegungen zunächst weit verstreute eine ungeheuere Zeit etwa dreißig insgesamt davon hier zwei oder drei man wird sehen

bei der Richtung die er hat mußte er dem gleichen Weg wie ich folgen bevor er fiel das wäre das erste

eines Tages werden wir uns gemeinsam wieder auf den Weg machen und ich sah uns die Vorhänge gingen auf einen Augenblick da ist etwas das nicht stimmt und ich sah uns flüchtig das alles vor der kleinen Weise oh lange vorher wie wir uns gegenseitig halfen voranzukommen gemeinsam fielen und Arm in Arm den Moment wiederaufzubrechen erwarteten

tun wie einer der existiert wenigstens damals existierte ich weiß ich weiß wenn schon man kann darüber plaudern das tut gut von Zeit zu Zeit es sind gute

Momente was tut's es tut niemandem weh es ist niemand da

da hätten wir also endlich den ersten Abschnitt unseres gemeinsamen Lebens schon hinter uns nur noch der zweite und letzte Ende des zweiten Teils nur noch der dritte und letzte

Problem der Abrichtung fortschreitende gleichzeitige Lösung und Durchführung und parallel moralische Ebene Anknüpfung Aufschwung der Beziehungen im wahren Sinne aber zuerst ein paar Präzisionen zwei oder drei

nach rechts rückend trifft mein rechter Fuß nur auf den vertrauten Schlamm was macht daß zur gleichen Zeit da das Bein sich maximal biegt er sich hebt mein Fuß man spricht momentan von meinem Fuß und von oben nach unten man sieht die Bewegung längs der geraden und steifen Beine Pims streicht es ist genau das was ich dachte das wäre das erste

mein Kopf gleiche Bewegung er trifft auf seinen es ist genau das was ich dachte aber ich kann mich irren er zieht sich also zurück und wirft sich nach rechts es kommt zu dem erwarteten Zusammenstoß ich weiß woran ich bin der Größere bin ich

ich nehme meine Lage wieder ein drücke mich fester an ihn er hört an meinem Knöchel auf zwei drei Zentimeter weniger als ich ich schreibe es auf das Konto des Alters

nun seine Arme wie die oberen Balken eines Andreaskreuzes recht spitzer Winkel meine linke Hand folgt dem linken dringt im Anschluß daran in den Sack seinen er hält seinen Sack drinnen nahe am Rand fest ich hätte dabei Angst gehabt meine Hand verweilt auf seiner wie Schnüre seine Venen zieht sich zurück und kehrt wieder an ihren Platz zurück links im Dreck nichts mehr über diesen Sack einstweilen

in der tieferen Stille die der Weise Pims folgt schließlich eine ungeheuere Zeit ein fernes Ticktack ich lausche ihm einen guten Moment es sind gute Momente

meine rechte Hand bricht auf längs seines rechten Arms langt mühevoll bis an die Grenze der Streckung und darüber hinaus und streift mit den Fingerspitzen eine Uhr dem Tastgefühl nach eine Armbanduhr es ist genau das was ich mir sagte sie wird ihre Rolle zu spielen haben ich höre ja sagen dann nein

besser eine dicke gewöhnliche Uhr mit einer schweren Kette er hält sie fest in seiner Hand mein Zeigefinger bricht sich eine Bahn zwischen den gekrümmten Fingern und sagt eine dicke gewöhnliche Uhr mit einer schweren Kette

ich führe den Arm zu mir hinterm Rücken er stockt deutliche Verbesserung des Ticktack ich trinke es einen guten Moment

noch einige Bewegungen den Arm wieder an seinen Platz legen ihn dann zu mir führen in der anderen Richtung von oben her linksherum bis er stockt man sieht die Bewegung das Handgelenk mit meiner linken Hand ergreifen und ziehen indem ich mit der anderen auf den Ellbogen drücke da von hinten das alles geht über meine Kraft

ohne daß ich den Kopf aus dem Dreck habe heben müssen kommt nicht in Frage habe ich schließlich die Uhr am Ohr die Hand die Faust das ist besser ich trinke lange die Sekunden köstliche Momente und Aussichten

endlich losgelassen weicht der Arm brüsk ein wenig zurück und bleibt dann liegen ich bin es schon wieder der ihn wieder an seinen Platz rücken muß da drüben rechts im Dreck Pim ist so er wird so sein die ihm verliehenen Haltungen bewahrt er aber das ist wenig im Ganzen ein Felsblock von ihr zu mir jetzt dritter Teil von da drüben rechts im Dreck zu mir Verlassenem das ferne Ticktack ich ziehe keinen Nutzen daraus keinen mehr keinerlei Vergnügen ich zähle nicht mehr die Sekunden die unwiederbringlich vergehen messe nicht mehr die Dauer von etwas die Frequenz prüfe nicht mehr meinen Puls vierundneunzig neunundneunzig

sie leistet mir Gesellschaft das ist alles ihr Ticktack zeitweise aber sie kaputtmachen weit wegwerfen nein ablaufen lassen nein eine Hemmung irgendwo sie bleibt stehen ich rüttele den Arm sie geht wieder nichts mehr über diese Uhr

ebensowenig wie ich wenn ich ihm glauben sollte oder aber meine eigene Idee er hatte keinen Namen ich bin es also der ihn ihm gegeben hat Pim zur größeren Bequemlichkeit zur größeren Annehmlichkeit es geht wieder in der Vergangenheit weiter

er hat ihm gefallen müssen ich verstehe das ihm schließlich gefallen müssen am Ende gab er ihn sich selbst lange vorher Pim hin Pim her ich Pim ich sage immer wenn man Pim heißt darf man nie alles was man nie durfte immer sagte wenn man Pim hieß und damit besser von da an lebhafter gesprächiger

sobald er daran gewöhnt gebe ich ihm zu verstehen

daß ich auch Pim ich heiße Pim hier hat er es schwerer ein Moment der Verwirrung des Verdrusses ich verstehe es ist ein schöner Name dann beruhigt es sich

auch mir hat es gut getan ich habe den Eindruck und wie gut vor allem am Anfang schwer zu präzisieren weniger anonym gewissermaßen weniger obskur

auch ich fühle wie er mich nach und nach verläßt es wird bald niemanden mehr geben nie jemanden gegeben haben mit dem schönen Namen Pim ich höre ja sagen dann nein

der den ich erwarte oh ohne daran zu glauben ich sage es wie ich es höre er soll mir einen anderen geben es wird mein erster sein Bom er soll mich Bom nennen zur größeren Bequemlichkeit das würde mir gefallen m am Ende und eine Silbe der Rest einerlei

BOM mit dem Fingernagel eingeritzt quer überm Arsch den Vokal im Loch ich würde sagen in einer Szene aus meinem Leben er würde mich nötigen ein Leben gehabt zu haben die Boms mein Herr Sie kennen die Boms schlecht mein Herr man kann auf einen Bom scheißen mein Herr man kann ihn nicht demütigen einen Bom mein Herr die Boms mein Herr

aber zuerst mit diesem zweiten Teil fertigwerden mit Pim dem gemeinsamen Leben wie es war um nur noch mit dem dritten und letzten fertigwerden zu müssen wo ich unter anderen Absonderlichkeiten sagen höre daß jener kommt zehn Meter fünfzehn Meter der für mich für den ich das was ich für Pim Pim für mich

unter anderen Extravaganzen worunter der Gebrauch der Sprache er wird mir wieder einfallen das ist wahr er ist mir wieder eingefallen da ist er ich lausche ich spreche kurze Bewegungen der unteren Gesichtshälfte mit Laut im Dreck das Gesicht im Dreck ganz leise alles mögliche einer namens Pim ein Leben das ich gehabt hätte vor ihm mit ihm nach ihm ein Leben das ich haben würde

Abrichtung erste oder heroische Zeiten vor der Schrift den Feinheiten schwer zu sagen nur die großen Linien los halt diese Familie es ging über meine Kraft ich schwamm er schwamm aber nach und nach nach und nach

zwischen den Exerzitien manchmal eine Sprotte eine Sandgarnele das kam bei mir vor es geht weiter in der

Vergangenheit ah schnell nur Vergangenheit alles in der Vergangenheit Bom gekommen ich verschwunden und Bom über das gemeinsame Leben es ging uns gut es waren gute Momente Dummheiten nicht wichtig eine Sprotte eine Sandgarnele

nicht gerissen Pims Sack nicht gerissen es gibt keine Gerechtigkeit oder aber nur so unbegreifliche Dinge einige

älter als meiner und nicht gerissen eine bessere Jute vielleicht und dabei noch halb voll oder aber etwas das mir entgeht

Säcke die sich leeren und reißen andere nicht ist es möglich eine Sache der Gnade bis in dieses Kerkerloch warum wollen daß wir alle gleich seien die einen die verschwinden die anderen nie

was ich alles höre mehr davon auslassen alles auslassen nichts mehr hören dableiben in meinen Armen mit meinem Sack der Uralte ich man spricht von mir der Uralte ohne Ende der die ganze Schöpfung begräbt bis zum letzten Lumpen das wären gute Momente da im Dunkel im Dreck nichts hören nichts sagen nichts können nichts

dann plötzlich wie alles was anfängt wieder anfängt

wie soll man es wissen aufbrechen wieder aufbrechen zehn Meter fünfzehn Meter rechter Fuß rechte Hand schiebe ziehe ein paar Bilder Flecken Blaus drei vier stumme Worte nicht abrutschen ein paar Sardinen der Dreck der sich auftut den Sack verschleißen Dummheiten und blödes Gefasel kurz der alte Weg

vom folgenden Sterblichen zum folgenden Sterblichen nirgends hinführend ohne anderes Ziel bis auf weiteres als der folgende Sterbliche mich an ihn pressen ihn benennen ihn abrichten ihn bis aufs Blut mit römischen Majuskeln bedecken mich mit seinen Märchen nudeln uns fürs Leben verbinden in stoischer Liebe bis zum letzten leeren Hering und etwas länger

bis zu dem schönen Tag an dem pssst er verschwindet mir seine Sachen zurückläßt und die Weissagung beginnt das neue Leben keine Reisen mehr kein Azurblau mehr ein Murmeln im Dreck das ist wahr alles muß wahr sein und man kommt an man kommt an zehn Meter fünfzehn Meter was ich für Pim Pim für mich

was ich alles höre nichts mehr hören da sein wie vor Pim nach Pim wie vor Pim in meinen Armen mit meinem Sack dann plötzlich der alte Weg zu meinem nächsten Sterblichen zehn Meter fünfzehn Meter schiebe ziehe Jahreszeit für Jahreszeit meine einzige Jahreszeit zu meinem ersten Sterblichen Dummheiten zum Glück von kurzer Dauer

erste Lektion Thema er soll singen ich drücke meine Fingernägel tief in seine Achselhöhle rechte Hand rechte Achselhöhle er schreit ich ziehe sie zurück ein heftiger Faustschlag auf den Schädel sein Gesicht drückt sich in den Dreck er schweigt Ende der ersten Lektion Ruhe

zweite Lektion dasselbe Thema Fingernägel in die Achselhöhle Schreie Schlag auf den Schädel Schweigen Ende der zweiten Lektion Ruhe das alles geht über meine Kraft

aber dieser Mann ist nicht dumm er muß sich sagen ich versetze mich an seine Stelle was will er von mir vielmehr man was will man von mir indem man mich so martert und die Antwort nach und nach zerstreut ungeheure Zeiten

nicht daß ich schreie selbstverständlich nicht da man mich dafür bestraft gleich danach

reiner und echter Sadismus auch nicht da man mich hindert zu schreien wozu ich vielleicht nicht fähig bin gewiß nicht dieses Wesen ist nicht dumm das fühlt man

wessen hält man mich für fähig zu singen man will also daß ich singe

was ich mir an seiner Stelle schließlich gesagt hätte wie mir scheint ich kann mich irren und Gott weiß daß ich nicht sehr intelligent bin andernfalls wäre ich tot

dies oder etwas anderes der Tag kommt dieses Wort wieder wir kommen dahin am Ende von wieviel keine Zahlen eine ungeheuere Zeit da er in der Achselhöhle gekratzt der seit langem wunden denn die Stelle wechseln man ist versucht aus Verzweiflung eine andere empfindlichere versuchen das Auge die Eichel nein Verwirrung stiften nur ja nicht fatal

der Tag also da er in der Achselhöhle gekratzt anstatt zu schreien singt der Gesang ertönt im Präsens es geht wieder weiter im Präsens

ich ziehe meine Fingernägel zurück er singt weiter die gleiche Weise wie mir scheint ich bin musikalisch genug diesmal das habe ich in meinem Leben diesmal und diesmal aus der Luft gegriffen ein paar Worte Augen Himmel Liebe dieses letzte vielleicht auch im Plural fein wir sprechen das gleiche Idiom das ist toll

es ist nicht zu Ende er hört auf Fingernägel in die Achselhöhle er beginnt wieder sieh da das ist geschafft Achselhöhle Lied und daß ich diese Musik ebenso sicher wie wenn man einen Knopf herumdreht mir jederzeit darbieten kann künftighin

es ist nicht zu Ende er singt weiter Schlag auf den Schädel er hört auf und sie gleichfalls anhalten kann da der Schlag auf den Schädel unter allen Umständen halt bedeutet und zwar in quasi mechanischer Weise bei gründlicher Überlegung wenigstens wenn es sich um die Sprache handelt

mechanisch warum weil er bewirkt der Schlag auf den Schädel man spricht nun vom Schlag auf den Schädel bewirkt daß das Gesicht tief in den Dreck gedrückt wird der Mund die Nase und sogar die Augen und worum könnte es sich wohl handeln worum anders für Pim als um Worte ein paar Worte was er kann dann und wann ich bin kein Untier

ich werde mich nicht abmühen von ihm zu verlangen was er nicht kann sich auf den Kopf zu stellen zum Beispiel oder zu stehen oder zu knien bestimmt nicht oder sich auf den Rücken zu legen oder auf die Seite nicht nachtragend jetzt nicht mehr wünsche niemandem mehr alle Augenblicke zu müssen ohne zu können riesige Zimbeln gewaltige zweihundert Grad geöffnete Arme und zack bumm Wunder Wunder das Unmögliche tu das Unmögliche leide das Unmögliche bestimmt nicht

er soll nur singen oder sprechen und zwar nicht dies lieber als das anfangs einfach sprechen was er will was er kann dann und wann ein paar Worte nicht mehr

also erste Lektion zweite Serie aber zuerst ihm den Sack wegnehmen da sträubt er sich ich kratze seine linke Hand bis auf den Knochen es ist nicht tief er schreit aber läßt nicht los das Blut das er hat verlieren müssen seit all der Zeit eine ungeheuere Zeit ich bin nicht schlecht man hat es sagen müssen Zugang zum Sack den habe ich meine linke Hand dringt hinein durchwühlt ihn nach dem Büchsenöffner hier eine Parenthese

keine Präzisionen keine Probleme aber seit der Zeit die wir zusammen sind viele Paare würden sich damit begnügen würden einander ohne eine Klage sterben sehen weil sie ihr Teil gehabt haben und Pim diese ganze Zeit eine ungeheuere Zeit keine einzige Bewegung es sei denn die der Lippen und da herum die untere Gesichtshälfte um zu singen zu schreien und krampfhaft ab und zu die der rechten Hand damit die Stunde sich blaßgrün drehe die er nie sehen wird und jene freilich wider Willen von mir aufgezwungenen Pim hat nicht gegessen

ich doch ohne etwas zu sagen alles ist nicht gesagt beinahe nichts und das ist zu viel ich ich habe gegessen ich habe ihm zu essen angeboten meine von Schellfischleber oder ähnlichem triefende Handfläche an den inmitten der Haare des Drecks verlorenen Mund gequetscht gut hineingerieben vergebliche Mühe wenn er sich noch ernährt dann von Dreck wenn dem so ist ich habe es immer gesagt dieser Dreck durch Osmose schließlich durch die Länge der Zeit durch Kapillarität

durch die Zunge wenn sie herauskommt den Mund wenn er sich ein wenig öffnet die Nasenlöcher die Augen wenn sie sich ein wenig öffnen der After nein er ist in der Luft die Ohren auch nicht

die Harnröhre vielleicht nach dem Pissen der letzte Tropfen die Blase die da sie so viel zurückgestaut hat ansaugt ganz kurz gewisse Poren auch die Harnröhre vielleicht eine gewisse Anzahl von Poren dieser Dreck ich habe es immer gesagt erhält seinen Mann am Leben und er klammert sich an den Sack dahin mußte es kommen ich sage es wie ich es höre dient er ihm wenigstens als Kopfkissen auch nicht er hält ihn fest bei ausgestrecktem Arm wie der aus dem Fenster Gestürzte die Fensterbank

nein seht ihr dieser Sack ich habe es immer gesagt dieser Sack ist für unsereins etwas anderes als ein Speisebehälter als ein Kissen für den Kopf als eine freundliche Anwesenheit als etwas zum Umarmen als eine mit Küssen zu bedeckende Oberfläche etwas ganz anderes er nützt einem in keiner Weise mehr und man klammert sich an ihn ich schuldete ihm diesen Tribut

meine linke Hand jetzt zweiter Teil zweite Hälfte was tut sie jetzt bei der Ruhe sie hält den Sack fest neben der von Pim nichts mehr über diesen Sack der Büchsenöffner der Büchsenöffner bald wird Pim sprechen

soviel Büchsen noch etwas da das mir entgeht ich nehme eine nach der anderen heraus in den Dreck linke Hand immer noch bis auf den Büchsenöffner stecke ihn endlich in meinen Mund lege die Büchsen wieder hinein ich sage nicht alle und mein rechter Arm während dieser Zeit all diese Zeit eine ungeheuere Zeit das alles geht über meine Kraft wirklich bei Pim verlassen mich meine Kräfte zwangsläufig wir sind zwei mein rechter Arm drückt ihn an mich Liebe Angst aufgegeben zu werden ein wenig von jedem man weiß nicht man sagt nicht und anschließend

anschließend mit meinem rechten quergeworfenen Bein halte ich seine gefangen man sieht die Bewegung nehme den Büchsenöffner in meine Rechte streiche mit ihm am Rückgrat hinunter und drücke ihn ihm in den Arsch nicht in das Loch wie ihr euch wohl denkt die Hinterbacke eine Hinterbacke er schreit ich ziehe ihn zurück Schlag auf den Schädel er schweigt es ist mechanisch Ende der ersten Lektion zweite Serie Ruhe hier eine Parenthese

dieser Büchsenöffner wohin ihn legen wenn nicht mehr nötig ihn wieder in den Sack legen zu den Büchsen bestimmt nicht ihn in der Hand halten im Mund auch nicht die Muskeln entspannen sich der Dreck verschlingt alles wohin also

zwischen Pims Hinterbacken nicht sehr elastisch aber noch genügend ihn da aufbewahren da riskiert er nichts indem ich mir sage das sagt man irgendwo die Worte sind da irgendwo daß ich mit jemandem der mir Gesellschaft geleistet hätte ein anderer Mensch gewesen wäre vollkommener

nein tiefer zwischen die Schenkel das ist besser die Spitze nach unten nur die kleine Zwiebel des birnenförmigen Griffs ragt hervor da riskiert er nichts indem ich mir sage zu spät ein Gefährte zu spät

zweite Lektion also zweite Serie gleiches Prinzip gleiche Abwicklung dritte vierte und so weiter eine ungeheuere Zeit bis zu dem Tag dieses Wort schon wieder da er in den Arsch gepiekt anstatt zu schreien singt was für ein Lump dieser Pim immerhin Arsch und Achselhöhle zu verwechseln Horn und Stahl den Schlag den er dann bekommt ich schwöre euch zum Glück ist er nicht dumm er hat sich sagen müssen was will man noch von mir was bedeutet dieses neue Martyrium

daß ich schreie gewiß nicht singe auch nicht das ist die Achselhöhle geile Grausamkeit auch nicht wir haben es gesehen nein wirklich ich sehe nichts

daß man seine Idee hat das ist selbstverständlich dieses Wesen ist zu fein um Unmögliches von mir zu verlangen was ist mir denn nicht unmöglich singen weinen was sonst noch was kann ich sonst noch tun was könnte ich allenfalls noch tun denken vielleicht wenn man will das ist möglich was tue ich anderes in diesem Moment und sieh da man fängt wieder an Geheul Schlag auf den Schädel Stille Ruhe

das ist es also auch nicht etwas Mögliches nein wirklich ich sehe nicht wenn ich fragte ich werde eines Tages fragen wenn ich kann

nein nicht dumm nur langsam und es kommt der Tag wir kommen dahin da in die Hinterbacke gepiekt nun nur noch eine einzige Wunde anstatt des Schreis ein kurzes Gemurmel es ist geschafft

mit dem Griff des Büchsenöffners wie mit einem Stößel Schlag auf die rechte Niere bequemer als die andere von da aus wo ich bin Schrei Schlag auf den Schädel Stille kurze Ruhe Einstich in den Arsch unverständliches Gemurmel Schlag auf die Niere ein für allemal lauter bedeutend Schrei Schlag auf den Schädel Stille kurze Ruhe

und so fort dabei dann und wann lediglich um das Angeeignete zu erhalten Rückkehr zur Achselhöhle der Gesang ertönt es klappt zack sofort unterbrochen das alles bringt mich um ich werde entsagen wenn er an der Niere getroffen eines Tages endlich er ist nicht dumm nur langsam anstatt zu schreien artikuliert er he du ich was ich nicht he du ich was ich nicht es langt es langt ich habe begriffen Schlag auf den Schädel es ist geschafft er hat noch nicht die Gewohnheit aber er wird sie bekommen etwas da das mir entgeht

ich bewahre das Werkzeug zwischen seinen Schenkeln auf nehme mein Bein von seinen halte mit meinem rechten Arm seine Schultern gefangen es ist wie mit dem Sack er kann mich nicht verlassen aber ich bleibe auf der Hut lange Ruhe wobei ich mir sage die Worte sind da daß zu spät zwar aber nichtsdestoweniger welche Besserung schon wie ich gewonnen habe

Orgie falschen Seins gemeinsames Leben kurze Schamgefühle ich bin nicht dem Nichtsein verfallen nicht ohne Rückkehr die Zukunft wird es lehren sie ist dabei aber eine solche Suhle bah nicht einmal nicht einmal bah kurze Bewegungen der unteren Gesichtshälfte wir wollen profitieren Stille genießen Totenstille abwarten

Fortsetzung der Abrichtung nicht der Mühe wert es überspringen

Tabelle der Hauptanreize eins sing Fingernägel in die Achselhöhle zwei sprich Eisen des Büchsenöffners in den Arsch drei halt Faustschlag auf den Schädel vier lauter Büchsenöffnergriff in die Niere

fünf leiser Zeigefinger in den After sechs bravo Klaps quer auf die Hinterbacken sieben schlecht das gleiche wie bei drei acht nochmal das gleiche wie bei eins oder zwei je nachdem

alles mit der rechten Hand ich habe es gesagt und die linke während all dieser Zeit eine ungeheuere Zeit ich habe es gesagt sagen hören in mir was draußen war quaqua überallher gemurmelt im Dreck sie hält den Sack neben der Linken Pims mein Daumen hat sich zwischen seine Handfläche und seine gekrümmten Finger geschoben

Graphie dann die Stimme Pims bis zu seinem Verschwinden Ende des zweiten Teils nur noch der dritte und letzte

mit dem Nagel des rechten Zeigefingers also graviere ich und wenn er abbricht oder abfällt bis er nachgewachsen ist mit einem anderen auf den anfangs unversehrten Rücken Pims von links nach rechts und von oben nach unten wie in unserer Zivilisation graviere ich meine römischen Majuskeln

schwierige Anfänge dann weniger er ist nicht dumm

nur langsam am Ende begreift er alles beinahe alles ich habe nichts zu sagen beinahe nichts selbst Gott mein alles und nichts Gott manchmal oft zur Sprache gekommen wie im zarten Alter das ist vage selbst Gott begreift er am Ende beinahe

ein Moment des zarten Alters das Schaf schwarz von den Sünden der Welt die Welt gereinigt die drei Personen das sagt euch alles und dieser Glaube der Eindruck seitdem zehn Jahre elf Jahre dieser Glaube den ich gehabt hätte der Eindruck seitdem eine ungeheure Zeit daß ich ihn wiedergewinnen könnte der blaue Mantel die Taube die Wunder er begriff

die Kindheit die ich gehabt hätte die Schwierigkeit daran zu glauben der Eindruck vielmehr achtzigjährig geboren zu sein im Alter in dem man stirbt im Dunkel im Dreck wiederaufsteigend geboren wiederaufsteigend auftauchend wie die Ertrunkenen und tatata vier volle Rücken dicht gedrängter Lettern die Kindheit der Glaube das Blau die Wunder alles verloren nie gehabt

das Blau das man sah der weiße Staub die Eindrücke jüngeren Datums angenehme unangenehme jene schließlich die keinerlei Emotion trübt keine leichten Dinge in einem Zuge kein Absatz kein Komma keine dem Nachdenken überlassene Sekunde mit dem Nagel des Zeigefingers bis er abfällt und der müde stellenweise blutende Rücken es war gegen Ende wie gestern eine ungeheure Zeit

aber schnell ein Beispiel von den einfachen aus der ersten oder heroischen Zeit dann Pim das Wort bis zu seinem Verschwinden Ende des zweiten Teils nur noch der dritte und letzte

mit dem Nagel des rechten Zeigefingers also in sehr großen Majuskeln zwei volle Zeilen je kürzer die Mitteilung um so größer die Lettern man braucht nur ein wenig im voraus zu wissen was man sagen will auch er fühlt die große verzierte Letter die Schlangen die Teufelchen herrlich es wird kurz sein DU PIM Pause DU PIM in die Ritzen hier eine Schwierigkeit hat er es begriffen wie soll man es wissen

ihn einfach pieken in den Arsch das heißt sprich er wird etwas X-beliebiges sagen was er kann wo doch der Beweis ich brauche den Beweis ihn also auf besondere Art pieken die ein für allemal antworte bedeutet das ist es also was ich tue welche Besserung welch ein Gewinn für mich

ein besonderer Schlag unbeschreiblich eine Handgemeinheit die mir folgende Genugtuung verschafft eines Tages eine ungeheuere Zeit ich Tim oder Jim jedenfalls nicht Pim noch nicht er hat noch keinen überall gleich empfindlichen Rücken aber er wird ihn bekommen es ist schon allerhand es ist geschafft Ruhe

nur von neuem beginnen nicht den Mut verlieren dabei gut die P einprägen und ihn pieken wie es nötig ist damit er eines Tages selbst wenn er die Versuche aller Konsonanten des römischen Alphabets überstehen müßte endlich antwortet es ist Mathematik ich Pim was er endlich tut zwangsläufig ich Pim Klaps quer über den Po Büchsenöffner zwischen die Schenkel Arm um seine mageren Schultern Ruhe es ist geschafft

demnach also wozu noch andere Beispiele er war ein schlechter Schüler ich ein schlechter Lehrer aber die Länge der Zeit das Wenige was man zu sagen hatte es war nichts

ich nichts nur sag dies sag das dein Leben dort oben DEIN LEBEN Pause mein Leben DORT OBEN lange Pause dort oben IM im LICHT Pause Licht sein Leben dort oben im Licht achtsilbig genau genommen ein Zufall ich also nichts über mich mein Leben welches Leben nie das geringste fast nie er auch nicht wenn nicht genötigt aus eigenem Antrieb nie aber einmal in Schwung nicht ohne Vergnügen meinte ich zu Recht oder Unrecht war er unerschöpflich bis zu zehn fünfzehn Schlägen auf den Schädel manchmal alle Löcher der Visage in der Scheiße man mußte zuschlagen zuschlagen

der erfundene Teil ungeheuer sicherlich ein ungeheurer Teil etwas das man nicht weiß die Drohung der blutige Arsch die wunden Nerven man erfindet aber wie soll man es wissen eingebildet wirklich man kann nicht man sagt nicht welche Wichtigkeit das ist wichtig das war es das ist großartig etwas Wichtiges

dieses Leben also das er gehabt hätte erfunden erinnert von beidem etwas wie soll man es wissen diese Sache dort oben er gab sie mir ich machte sie mir zu eigen das was mir gefiel die Himmel vor allem die Wege vor allem auf denen er dahinschlich wie sie sich änderten je nach dem Himmel und auf denen man fuhr im Atlantik am Abend im Ozean je nachdem ob man zu den Inseln fuhr oder dorther kam die Laune des Augenblicks nicht so sehr die Leute sehr wenige immer die gleichen ich nahm welche ich ließ welche weg gute Momente es ist nichts davon übrig lieber Pim wiedergekehrt von den Lebenden ein anderer hatte es ihm gegeben dieses Hundeleben mit Gutem und Schlechtem darin ich werde es einem anderen geben die Stimme hat es gesagt in mir nun die draußen war quaqua überallher wie soll man es glauben im Dunkel im Dreck das nur ein einziges Leben dort oben von Zeitalter zu Zeitalter immer nur ein einziges abgesehen von den Vorlieben aha das ist es von den Bedürfnissen

das ist es mir das dessen ich bedarf am meisten bedarf wechselnde Aspekte das ist es immer Aspekte immer wechselnde desselben Lebens gemäß den Bedürfnissen aber die Bedürfnisse die Bedürfnisse es ist also nicht hier immer dieselben Bedürfnisse von Zeitalter zu Zeitalter derselbe Durst die Stimme hat es gesagt

sie hat es gesagt ich murmele es für unsereins eins nach dem anderen derselbe Durst ein einziges Leben dort oben gemäß den einzigen Bedürfnissen wie hier ein einziges wie soll man es glauben es sei denn man glaubte es gern es hängt ab vom Tag von der Laune des Tages man bleibt etwas wechselnder Laune man kann sich sagen keinerlei Laut nichts hindert einen daran heute bin ich vielleicht etwas weniger traurig als gestern nichts verbietet es einem die Dinge die ich nicht mehr sah kurze Szenen erster Teil an ihrer Stelle die Stimme Pims Pim im Licht Blau des Tages und der Nacht kurze Szenen die Vorhänge gingen auf der Dreck der Dreck tat sich auf es leuchtete auf er sah für mich auch das man kann es sagen dem steht nichts im Wege

lange Stillen immer längere ungeheure Zeiten Einbußen immer mehr er an Antworten ich an Fragen mehr als genug vom Leben im Licht eine Frage alle keine Zahlen mehr keine Zeit mehr ungeheure Zahl ungeheure Zeit über sein Leben im Dunkel im Dreck vor mir vor allem um herauszubekommen ob er noch lebte DEIN LEBEN HIER VOR MIR vollkommene Verwirrung

Gott über Gott aus Verzweiflung vollkommene Verwirrung ob er an ihn glaubte er glaubte an ihn dann nicht keine Möglichkeit mehr seine Gründe in beiden Fällen mein Gott

ich piekte ihn wie ich ihn am Ende piekte lange vorher bloß um herauszubekommen ob er noch lebte zack Schlag auf den Schädel in den Dreck schmutzige Tränen des nicht umzubringenden Bruders

ob er eine Stimme hörte wenn wenigstens das ob er je eine Stimme gehört hätte oder Stimmen wenn ich ihn wenigstens das gefragt hätte unmöglich ich hörte sie noch nicht die Stimme die Stimmen wie soll man es wissen gewiß nicht

auch ich werde sie am Ende nicht mehr hören nie gehört sie hat es gesagt ich murmele es nur die seine auch nicht mehr kein Pim mehr es hat nie einen Pim es hat nie Stimmen gegeben wie soll man es glauben im Dunkel im Dreck keine Stimmen keine Bilder am Ende lange vorher

Muster was nun kommt Wiedererinnertes Eingebildetes wie soll man es wissen das Leben dort oben das Leben hier Gott in den Himmeln ja oder nein ob er mich ein wenig liebte ob Pim mich ein wenig liebte ja oder nein ob ich ihn liebte im Dunkel im Dreck immerhin ein wenig Zuneigung jemanden finden jemand möge einen finden endlich zusammenleben aneinandergepreßt sich ein wenig lieben ein wenig lieben ohne geliebt zu werden ein wenig geliebt werden ohne lieben zu können darauf antworten es unklar lassen im Schatten

Ende des zweiten Teils der erste ist beendet nur noch der dritte und letzte es waren gute Momente es wird gute Momente geben weniger gute man muß sich darauf gefaßt machen aber zuerst eine kleine Runde die letzte neue Position und Wirkung auf die Seele ich lasse den Sack los lasse Pim los das ist das schlimmste den Sack loslassen und los voran linke Halbflanke rechter Fuß rechte Hand schiebe ziehe nach rechts nach rechts ihn nicht verlieren vor seinem Kopf Haarnadelkurve nach rechts immerzu dann aufrichten über seinen rechten Arm an der Seite entlang eng heranrücken und halt der Kopf gegen seine Füße seine gegen meinen lange Ruhe wachsende Angst

plötzliche Rückkehr West und Nord streifend mit der rechten Hand packe ich seine Haut zu groß für ihn und ziehe mich voran letzte kleine Runde bis an meinen Platz ich hätte ihn nicht verlassen dürfen ich werde ihn nicht mehr verlassen ich nehme den Sack wieder er hat sich nicht gerührt Pim hat sich nicht gerührt unsere Hände berühren sich lange Ruhe lange Stille ungeheure Zeit

DEIN LEBEN DORT OBEN Licht nicht mehr nötig nur zwei Zeilen Pim habe das Wort er dreht den Kopf herum Tränen in den Augen meine Augen meine Tränen wenn ich welche hätte damals hätte ich welche gebraucht nicht jetzt

seine rechte Wange am Dreck sein Mund an meinem Ohr Übereinander unserer schmalen Schultern seine Haare in meinen menschlicher Atem schrilles

Gemurmel wenn zu laut Finger in den Arsch ich werde mich nicht mehr rühren ich bin an diesem Platz noch immer

schnell unerträglich Schlag auf den Schädel lange Stille ungeheure Zeit Büchsenöffner Hinterbacke oder Majuskeln wenn er nicht mehr dabei ist DEIN LEBEN LUMP DORT OBEN LUMP HIER LUMP eins nach dem anderen verstreute Bruchstücke verschiedene Kategorien nicht so sehr und um fertigzuwerden das wäre gut Wort auf Wort LIEBST DU MICH nein oder Fingernägel Achselhöhle und kleines Lied um fertigzuwerden das wäre gut Ende des zweiten nur noch der dritte und letzte der Tag kommt ich komme Bom kommt DU BOM ich Bom ICH BOM du Bom wir Bom

er kommt ich werde eine Stimme haben keine Stimme mehr in der Welt außer meiner ein Murmeln ein Leben gehabt dort oben hier werde von neuem meine Dinge sehen ein wenig Blau unterm Dreck ein wenig Weiß unsere Dinge kurze Szenen die Himmel vor allem und Wege

und mich ich werde mich sehen ich werde glauben mich zu sehen zehn Sekunden fünfzehn Sekunden ganz brav in meiner Ecke oder nachdem die Nacht endlich gekommen weniger Licht etwas weniger die biederen Leute im Bett mich beeilend zur folgenden zur letzten viel besser sicherer das wird gut sein gute Momente was werde ich für gute Momente gehabt haben dort oben hier nur noch zum Himmel aufzusteigen

Muster mein Leben dort oben das Leben Pims man spricht von Pim mein Leben dort oben meine Frau Halt Büchsenöffner Hinterbacke anfangs schwerfällig dann dreht er durch Schlag auf den Schädel lange Stille

meine Frau dort oben Pam Prim ich weiß es nicht mehr ich sehe sie nicht mehr sie rasierte ihr Vlies nie sowas gesehen ich spreche wie er ich bin es der spricht man spricht von mir wie er kleine Portionen Spatzengrammatik nicht mehr den Kopf dafür dann flupp ins Loch

ich spreche wie er Bom wird wie ich sprechen nur ein Sprechen hier einer nach dem andern die Stimme hat es gesagt sie spricht wie wir unser aller quaqua überallher dann in uns wenn es aufhört zu keuchen Fetzen von ihr haben wir es unser altes Sprechen jeder seine Weise seine Bedürfnisse was er kann sie verstummt unsere beginnt beginnt wieder wie soll man es wissen

Pam Prim man liebte sich alle Tage alle drei dann

samstags dann wie es gerade kam hin und wieder um es loszuwerden versuchte Wiedererweckung durch den Hintern zu spät sie fiel aus dem Fenster oder stürzte sich Wirbelsäule gebrochen

im Krankenhaus vorm Verscheiden alle Tage den ganzen Winter vergab sie mir allen der ganzen Welt sie wurde gut Gott rief sie zu sich der bläuliche Hügel komische Idee nicht übel schwarz dann auf dem Totenbett es wuchs wieder

die Blumen auf dem Nachttisch sie konnte den Kopf nicht herumdrehen ich sehe die Blumen ich hielt sie vor ihren Augen mit ausgestrecktem Arm was für Dinge man sieht rechte Hand linke Hand vor ihren Augen es war mein Besuch unterdessen vergab sie Margeriten aus lateinischem Perle es ist alles was ich hatte finden können

Bett aus weißlackiertem Eisen fünfzig breit alles war weiß auf hohen Beinen ich stellte mir gern die Liebe darin vor die Möbel der anderen zu sehen und nicht das geliebte Wesen sowas

sitzend auf dem Fußende des Betts auf der Kante das Gefäß haltend ein grünliches Spitzglas die Füße im Leeren die Blumen zwischen uns das Gesicht durch sie hindurch daß ich nicht mehr weiß wie es war unversehrt nur kreideweiß es hatte nichts mitgekriegt oder mein Blick irrte sie waren wohl zwanzig

dort hinausgegangen die Straße die hinabführt von Bäumen gesäumt Tausende alle gleich dieselbe Art nie gewußt welche kilometerlange abschüssige Straße schnurgerade nie sowas gesehen klettern dort oben im Winter das Glatteis die schwarzen Äste grau vom Rauhreif sie dort oben am Ende sterbend vergebend ganz weiß

die Stechpalme die sie erfleht hatte Beeren ganz gleich was ein wenig Farbe ein wenig Grün alles so weiß Efeu ganz gleich was ihr sagen daß ich sowas nicht hatte finden können die Worte finden die Orte finden sie hat das im Sommer tun müssen Juli August die Worte finden ihr die Orte sagen wo ich gesucht hatte linker Fuß rechter Fuß ein Schritt voran zwei zurück

mein Leben dort oben das was ich tat in meinem Leben dort oben ein wenig von allem alles versucht dann verzichtet es war immer das gleiche ein Loch eine Ruine immer zu essen nie für etwas begabt nicht gemacht für diese Schikane in den Ecken herumirren und schlafen alles was ich wollte ich habe es gehabt nur noch in den Himmel kommen

Papa keine Ahnung beim Bau vielleicht irgendwo

gefallen vom Gerüst auf den Arsch nein das Gerüst ist gefallen er mit ihm auf dem Arsch gelandet hundert Kilo tot geplatzt das mußte er gewesen sein oder der Onkel Gott weiß

Mama auch nicht Jadesäule unsichtbare Bibel in der schwarzen Hand nur der rotgoldne Schnitt der schwarze Finger darin Psalm hundertundsoundsoviel oh Gott der Mensch seine Tage wie das Gras die Blume der Wind dort oben in den Wolken das Gesicht elfenbeinweiß brummelnde Lippen die ganze untere Hälfte das ist möglich

niemand je gekannt niemand immer geflohen gerannt anderswohin Orte mein Leben dort oben nur Orte nur Wege kurze Orte lange Wege die kürzesten oder tausend Umwege die sichersten immer nachts weniger Licht etwas weniger von A nach B von B nach C home endlich sichere Stätte fallen schlafen

erste Geräusche Schritte Geflüster Gerassel von Eisen nicht hinschauen Kopf in die Arme Augen an die Erde Pelerine über alles den Kopf in Deckung der Kapuze drehen einen Spalt machen die Augen öffnen schnell wieder schließen den Spalt schließen die Nacht erwarten

von B nach C von C nach D von der Hölle nach home

Hölle nach home nach Hölle immer nachts von Z nach A göttliches Vergessen genug

dachte er dachten wir gerade genug um zu sprechen um zu lauschen nicht einmal Komma ein Mund ein Ohr alte Schelme der eine am anderen den Rest beseitigen sie in ein Glasgefäß stecken um dort wenn er ein Ende hat den Monolog zu beenden

träumten vor uns hin also wenigstens das aber nein vor mich hin träumen ich ich Pim Bom in Zukunft denken ich bah

ganz allein Pim ganz allein vor mir mit wiedergefundener Stimme sprach er wie ich dritter Teil wie ich im Dreck murmele was ich höre in mir wenn es aufhört zu keuchen Fetzen wenn ich wenigstens gefragt hätte unmöglich ich wußte nicht ich sprach noch nicht er hätte nicht gewußt MAL LOS MAL LOS ich weiß nicht ich werde nicht wissen ich habe nicht gefragt man wird mich nicht fragen

meine Stimme schwindet sie wird wiederkehren meine erste dort oben auch nicht das Leben Pims dort oben nie gewesen nie mit jemandem gesprochen nie für mich allein stumme Worte keinerlei Laut meinetwegen kurze Bewegungen der unteren Hälfte große Verwirrung wie soll man wissen wenn Bom nicht käme wenn das wenigstens aber wie dann fertig werden diese Hinterbacke die Hand die hinabtaucht tastend also Phantasie und das Folgende und diese Stimme ihre Tröstungen ihre Versprechungen Phantasie teure Frucht teurer Wurm

all das immerzu jedes Wort wie ich es höre in mir das draußen war wenn es aufhört zu keuchen und es murmele im Dreck Fetzen ich wiederhole es jedes Wort immerzu ich werde es nicht mehr sagen und nun was um fertigzuwerden gibt es etwas anderes bevor ich fortfahre mit dem zweiten fertigzuwerden nur noch der dritte und letzte ja ganz allein es gibt ganz allein leider

ganz allein und der Zeuge über mich gebeugt Name Kram über uns gebeugt vom Vater auf den Sohn auf den Enkel ja oder nein und der Schreiber Name Krim Generationen von Schreibern die federführend ein wenig abseits sitzend stehend man sagt es nicht ja oder nein Muster Auszüge

kurze Bewegungen der unteren Gesichtshälfte keinerlei Laut oder zu schwach

zehn Meter eine Stunde und vierzig Minuten sechs Meter in der Stunde anders gesagt man versteht es besser zehn Zentimeter in der Minute vier Finger breit etwas mehr ich habe mich erinnert meiner Tage der Breite der Hand meines Lebens wie ein Nichts der aufrecht stehende Mensch nur ein Hauch

bemüht sich die Büchse zu öffnen nicht gesehen welche unsere Lampen auswechseln gibt es auf steckt Büchse und Büchsenöffner wieder in den Sack sehr ruhig

geschlafen sechs Minuten kurzatmig aufgebrochen gleich nach dem Erwachen sechs Meter etwas weniger eine Stunde zwölf Minuten bricht zusammen

Ende des siebten Jahres der Unbeweglichkeit Beginn des achten kurze Bewegungen der Schnauze scheint Dreck zu fressen

drei Uhr morgens beginnt zu murmeln nachdem meine Überraschung vorbei konnte ich ein paar Fetzen aufschnappen Pim Bim Eigenname wahrscheinlich imaginär Träume Dinge Erinnerungen unmögliche Leben alles im Plural für alle Fälle sieh da mein Ältester alte Werkstatt ade

monströse Stillen ungeheure Zeiten vollkommenes Nichts die Notizen des Altvorderen wiedergelesen um die Zeit zu verbringen Beginn des Murmelns sein letzter Tag das Glückskind diesem beiwohnen wozu diene ich unsere Notizen wiedergelesen um die Zeit zu verbringen mehr Rede von mir als von ihm kaum daß er immer noch stammelt schon über ein Jahr mir entgehen neun Zehntel davon das kommt so plötzlich klingt so schwach geht so schnell dauert so kurz ich stürze mich darauf es ist vorbei

es rührt sich nicht mehr als ein Liegender und Verbot ihn aus den Augen zu lassen wozu dient das Krim sagt daß er krepieren wird ich auch man wagt nicht loszulassen wir wollen schnell krepieren es ist die einzige Lösung

gestern in Großvaters Heft die Stelle wo er wünscht zu sterben vorübergehende Schwäche glücklicherweise Familienehre er hat ausgehalten bis zum Ruhestand ich glücklicherweise Langeweile Untätigkeit daß ich nicht lache Frage des Charakters und der Beruf im Blut

ich liege an seiner Seite glückliche Neuerung so besser in der Lage ihn zu überwachen kein Schauer der mir entgeht als sitzend auf der kleinen Bank nach der Art der Vorfahren selbst Papa und bei dem Zustand in dem er sich befindet weniger mit dem Auge als mit dem Ohr wenn ich es zu sagen wage es ist klar es bedarf der Initiative

Krim desgleichen gerade wie eine Tanne an seinem Pult ganz bei seiner Sache mit gezücktem Kugelschreiber lauernd auf das geringste es fehlt nicht an Arbeit wenn nichts erfinde ich man muß sich beschäftigen sonst der Tod

ein Heft für den Körper geruchlose Fürze Stuhl idem reiner Dreck Saugen Zucken kurze Krämpfe der linken Hand im Sack Zittern der unteren Gesichtshälfte ohne Laut weiche bedächtige Bewegungen des Kopfes das Gesicht das sich vom Dreck abhebt die linke oder rechte Wange und die Wange die sich an ihre Stelle legt die linke oder rechte das Gesicht oder die rechte Wange die linke Wange oder das Gesicht je nachdem etwas Neues meiner Meinung nach ein Pluspunkt für mich das erinnert mich an etwas

an Kram den Siebten in den letzten Zügen vielleicht der Kopf weißer als der Kissenbezug und ich immer noch nur ein Rotzjunge sollte es endlich das Ende sein die lange ruhige Agonie und ich der glückliche Auserwählte ein Heft für das alles jedenfalls man kann darin lesen Muster achter Mai Fest des Sieges Eindruck daß er versinkt Krim hält mich für verrückt

ein zweites für das Gestammel Wort für Wort ich rühre kaum daran ein drittes dies für meine

Kommentare während bis jetzt alles durcheinander in demselben blau gelb rot je nachdem man brauchte nur daran zu denken

im Licht meiner Lampen badend daß seine Haut trieft bummelt er von Dunkelheit sollte er blind sein wahrscheinlich er öffnet manchmal ein paar immens große Augen so blau und von einem Kumpanen ich ich sehe nichts davon in seinem Kopf das Dunkel der Freund

Verbot daran zu rühren man könnte ihm Erleichterung verschaffen Krim will sich darüber hinwegsetzen seine Hinterbacken wenigstens säubern sein Gesicht abwischen was riskiert man niemand wird es wissen man weiß es nie besser nicht

geträumt vom großen Kram dem Neunten dem Größten von uns allen bis heute nicht gekannt schade Opa erinnerte sich an ihn fuchsteufelswild vor dem Ruhestand mit Gewalt herausgezogen zusammengeschnürt wie eine Wurst Krim verschwunden nie wiedergesehen

er der erste der Mitleid hatte wirkungslos glücklicherweise Familienehre der die kleine Bank beseitigte lästige Neuerung nicht beibehalten und die Idee der drei Hefte ohne Folge geblieben worin liegt seine Größe sie ist da aufschlußreiches Zeugnis einverstanden übrigens bestreitbar vor allem das gelbe Heft nicht das die Stimme von hier hier ist jedes Ich aufzugeben nichts sagen wenn nichts

blau die Augen ich ich sehe sie steingrau vielleicht unser neues Tageslicht das ja der Freund im Kopf und das Dunkel das freilich und die Stimme ihrer aller Stimme ich ich höre nichts und welche alle Scheiße ich bin der Dreizehnte dieses Namens

da nun ja freilich wie soll man es wissen unsere Sinne unser Verstand was ist das der Beweis und wenn ich dreizehn Leben lang hier ich sage dreizehn aber schon vorher seit wieviel anderen Dynastien schon

diese Stimme es tut mir leid mitunter scheint mir daß ich sie höre und meine Scheinwerfer daß meine Scheinwerfer erlöschen Krim hält mich für verrückt

etwas mehr als zwei Jahre abzureißen dann wiederaufsteigen ach nein mich hinlegen wenn ich mich hinlegen könnte mich nicht mehr rühren ich wäre dazu imstande vorübergehende Schwäche aus Gnade ein wenig weitergehen wenn es ein wenig weiter gibt man kennt nur dieses kleine beleuchtete Feld früher bewegte es sich es steht im Buch ein wenig weiter im Dreck im Dunkel fallen mein Ältester beim Sterben zu seinem Enkel dein Papa sein Opa verschwand da unten nie wiedergesehen denke daran wenn deine Stunde kommt

kleine besondere Kladde für diese intimen Notizen kleine Kladde für mich Seelenergüsse Tag für Tag es ist verboten ein einziges großes Buch und alles darin Krim bildet sich ein daß ich zeichne was Landschaften Gesichter geliebte vergessene

genug Ende der Auszüge ja oder nein ja oder nein nein nein kein Zeuge kein Schreiber ganz allein und doch ich höre es ich murmele es ganz allein im Dunkel im Dreck und doch

und nun um weiterzumachen um fertigzuwerden um es zu können noch ein paar kurze Szenen das Leben dort oben im Licht einfach so wie es kommt Wort für Wort letzte kurze Szenen ich bring ihn in Schwung halte ihn an Schlag auf den Schädel unmöglich mehr darüber zu hören oder er hält an unmöglich mehr darüber zu sagen es ist das eine oder das andere Büchsenöffner sofort oder nicht oft nicht und Stille Ruhe

er schweigt ich habe ihn zum Schweigen gebracht schweigen lassen das eine oder das andere nicht bestimmt es hört auf lange Stille mehr oder weniger nicht bestimmt lange Ruhe mehr oder weniger ich bringe ihn in Schwung Büchsenöffner oder Majuskeln je nachdem sonst nie ein Wort neue Fortsetzung und so fort

die weißen Räume sind die Löcher sonst fließt es mehr oder weniger mehr oder weniger groß die Löcher man spricht von Löchern unmöglich zu bestimmen nicht der Mühe wert ich erkenne sie wieder erwarte die Fortsetzung oder irre mich und Büchsenöffner oder Büchsenöffner ohnehin das hilft ihm heraus nicht bestimmt wie es gerade ist wie es gerade kommt Wort für Wort um weiterzumachen fertigzuwerden es zu können mit dem zweiten nur noch der dritte und letzte

welches Land alle Länder Mitternachtssonne Mittagsnacht alle Breiten alle Längen

alle Längen

welche Menschen das ganze Spektrum von Schwarz bis Weiß alle versucht dann verzichtet es war immer das Gleiche zu vage Verzeihung Erbarmen zurückgekehrt um zu sterben in die Heimat Mitte zwanzig stählerne Gesundheit dort oben im Licht mein Leben verdient mein Leben alles versucht beim Bau vor allem damit ging es gut alle Fächer beim Gips vor allem Pam begegnet glaube ich die Liebe Erwachen der Liebe Zunehmen Abnehmen Tod Bemühungen zur Wiederauferweckung durch den Arsch gemeinsame vergebliche von neuem durch die Fotze vergebliche aus dem Fenster gestürzt oder gefallen Wirbelsäule gebrochen Krankenhaus Margeriten Lügen wegen der Mistel Vergebung

ging am Tage hinaus nein nachts weniger Licht etwas weniger ging nachts hinaus am Tage verkroch ich mich ein Loch eine Ruine mit Ruinen bedecktes Land alle Zeitalter mein Spinalhund oder spinal dog er leckte meine Geschlechtsteile Skom Skum unter einen Karren gekommen war nicht ganz klar im Kopf Wirbelsäule gebrochen Mitte dreißig immer noch am Leben eiserne Gesundheit was tun was tun

Leben kurze Szenen gerade lange genug um zu sehen Behänge die auseinandergehen schwerer Schwung schwarzen Samts welches Leben wessen Leben zehn Jahre zwölf Jahre eingeschlafen in der Sonne am Fuße der Mauer weißer Staub eine Spanne dick Azurblau Wölkchen andere Einzelheiten Stille die wieder herabsinkt

welche Sonne wovon habe ich gesprochen nicht wichtig ich habe gesprochen das ist es was not tat etwas gesehen es dort oben genannt gesagt daß es so war daß ich es war zehn Jahre zwölf Jahre eingeschlafen in der Sonne im Staub um Frieden zu haben ich habe ihn ich habe ihn gehabt Büchsenöffner Hinterbacke folgende Szene folgende Worte

Meer unterm Mond Hafenausfahrt nach der Sonne der Mond immer Licht Tag und Nacht kleiner Haufen im Hinterschiff ich bin es alle die ich sehe ich bin sie alle die Alter die Strömung reißt mich mit die erwartete Ebbe ich suche eine Insel endlich home fallen mich nicht mehr rühren eine kleine Runde abends bis zum Ufer Seeseite dann zurückkehren fallen schlafen erwachen in der Stille Augen die offen bleiben können leben alter Traum von Krabben von Algen

im Hintergrund die sich entfernende Erde der Brüder und erlöschende Lichter Berg wenn ich mich umdrehe lauteres Plätschern er fällt ich falle auf die Knie krieche nach vorn Klirren von Ketten es ist vielleicht eine andere eine andere Reise Verwechslung mit einer anderen welche Insel welcher Mond man sagt das was man sieht die Gedanken manchmal die es begleiten es verschwindet die Stimme spricht weiter ein paar Worte sie kann verstummen sie kann weitersprechen man weiß nicht wovon es abhängt man sagt es nicht

wovon die Fingernägel die weiterwachsen können

wenn die Hand tot ein paar Millimeter etwas lang das Leben um sie zu verlassen das Haar wenn der Kopf tot ein Reifen den ein Kind rollen läßt ich etwas höher als er ich ich falle verschwinde der Reifen rollt noch verliert Fahrt wankt fällt verschwindet die Allee ist ruhig

unmöglich weiterzumachen ich man spricht von mir nicht Pim Pim ist beendet er hat geendet ich jetzt im dritten nicht Pim eine Stimme meine die das sagt diese Worte unmöglich weiterzumachen und Pim daß Pim nie gewesen ist und Bom den ich erwarte um zu enden beendet zu werden auch ich daß Bom nie sein wird kein Pim kein Bom und die Stimme quaqua unser aller Stimme auch nicht nie gewesen eine einzige Stimme meine nie eine andere

das alles nicht Pim ich der das alles murmelt eine Stimme meine Stimme meine einzige und daß über mich gebeugt im Begriff zu notieren ein Wort von dreien zwei von fünfen von Generation zu Generation ein Wort von ja oder nein aber vor allem weitermachen unmöglich momentan ganz unmöglich das ist die Hauptsache ja sogar ein Irrsinn ich höre es murmele es im Dreck in den Dreck Irrsinn Irrsinn hör auf mit dem Quatsch drücke den Dreck an dein Gesicht die Kinder tun es im Sand am Ufer des Meeres auf dem Land in den Steinbrüchen die ärmsten fest dran überallhin als Kind hättest du es getan in den Sandgruben sogar du der Dreck höher als die Schläfen daß man nur noch drei graue Haare sehe alte auf den Müll geworfene Perücke falscher schimmelnder Schädel und Ruhe du kannst nichts sagen wenn die Zeiten enden werden wirst du vielleicht enden

das alles die Zeit um das alles zu sagen meine Stimme eine Stimme meine nicht so leiser weniger klar aber der Sinn und zurück zu Pim wo verlassen zweiter Teil er kann noch fertigwerden es muß sein es ist besser nur noch ein Drittel zwei Fünftel dann der letzte nur noch der letzte

E also recht tief pfeif was auf das Licht schnell das Ende dort oben letztes Ding letzter Himmel diese Fliege vielleicht die über die Scheibe gleitet über das Laken den ganzen Sommer vor sich oder Mittag Farbengloria hinter der Glasscheibe in der Öffnung der Höhle und die Schleier die kommen

zwei Schleier einer von links der andere von rechts die kommen zusammentreffen oder der eine der herabsinkt und der andere der sich hebt oder aus den Ekken diagonal von oben links oder rechts unten rechts oder links eins zwei drei und vier die kommen und zusammentreffen ein erstes Paar dann andere darüber ebensoviele Male wie nötig oder ein erstes eins zwei drei oder vier ein zweites zwei drei vier oder eins ein drittes drei vier eins oder zwei ein viertes vier eins zwei oder drei ebensoviele Male wie nötig

um was um glücklich zu sein damit bei weit geöffneten Augen Augäpfeln am hellichten Tage Nacht sei lieber die Fliege frühmorgens vier Uhr fünf Uhr die Sonne geht auf ihr Tag beginnt die Fliege man spricht von einer Fliege ihr Tag ihr Sommer auf der Glasscheibe dem Laken ihr Leben letztes Ding letzter Himmel

E also recht tief schnell das Ende dort oben das Licht genug davon und Fingernagel auf die Haut für den linken Balken des römischen N als plötzlich zu früh zu früh noch ein paar kurze Szenen plötzlich streiche ich es durch mit einem Kreuz recht tief Sankt Andreas vom Schwarzen Meer und Büchsenöffner das heißt nochmal ich bin so sprunghaft

mein Leben noch einmal dort oben im Licht im Sack es regt sich beruhigt sich regt sich wieder durch das fadenscheinige Gewebe das Tageslicht das durchscheint weniger weiß kurze Geräusche immer noch ferne aber weniger es ist Abend er kommt aus dem Sack ganz klein immer noch ich ich bin immer noch da der erste bin immer ich dann die anderen welches Alter mein Gott fünfzig sechzig achtzig runzelig auf den Knien Hinterbacken auf den Fersen Hände auf der Erde auseinander wie Füße das ist sehr klar Schmerzen an den Schenkeln der Arsch hebt sich der Kopf kippt vor streift das Stroh es ist besser Besengeräusch der Schwanz des Hundes wir wollen weggehen home endlich

meine Augen öffnen sich noch zu hell ich sehe jeden Strohhalm man hämmert drei oder vier mindestens Hämmer Meißel Kreuze vielleicht oder irgendeine andere Verzierung

erreiche die Tür auf vier Pfoten hebe den Kopf doch doch äugele durch einen Spalt ans Ende der Welt ich würde so ans Ende der Welt gehen auf den Knien ganz rundherum auf den Knien Arme Vorderpfoten Augen zwei Finger breit überm Boden der Geruchssinn kommt wieder mein Gelächter wirbelt bei trockenem Wetter Staub auf auf den Knien die Laufstege entlang auf die Zwischendecks mit den Auswanderern

homerisch purpurrotes Licht purpurrote Welle mitten in den Straßen die Fledermäuse fliegen aus wir noch nicht nicht so dumm ich bin es der für beide denkt Geräusche immer noch ferne immer weniger es ist wegen der Abendluft man muß diese Dinge verstehen und später was naht daß es nur ein Knirschen der Räder ist das naht eisenbereifte Felge über Kiesel rumpelnd vielleicht die Ernte die eingefahren wird ja aber die Hufe

nicht wichtig da bin ich wieder wie ich dauere auf den Knien immer noch aneinandergelegte Hände vor dem Gesicht aneinandergelegte Daumenspitzen vor der Nasenspitze aneinandergelegte Fingerspitzen vor der Tür Scheitel des Kopfes oder Vertex an der Tür man sieht die Haltung nicht wissend was ich sagen wen ich anflehen was ich erflehen soll nicht wichtig es kommt auf die Haltung an auf die Intention

wie ich dauere es wird Nacht werden eines Tages alles wird schlafen wir werden uns hinausschleichen Schwanz der das Stroh fegt er ist nicht mehr ganz klar im Kopf es ist nun an mir zu denken für uns beide sieh da die Vorhänge die kommen sehr teure von links von rechts löschen uns aus dann den Rest die ganze Tür die verschwindet Leben dort oben kurze Szene ich hätte es mir nicht vorstellen können ich hätte es mir nicht

Schlag auf den Schädel wozu die Autopsie was dann was dann wir werden versuchen zu sehen dann letzte Worte Wort auf Wort ein paar Worte LIEBST DU

MICH LUMP nein Verschwinden Pims Ende des zweiten nur noch der dritte und letzte man kann nicht weitermachen man macht weiter dasselbe wird man damit aufhören können aufhören das ist es vielmehr man kann nicht weitermachen man kann nicht damit aufhören aufhören

also Pim hört auf das Leben dort oben im Licht da er nicht mehr kann da ich einwillige oder Schlag auf den Schädel da ich nicht mehr kann es ist das eine oder das andere und was dann er ich ich werde ihn fragen aber zuerst aus mir wenn Pim aufhört was aus mir wird aber zuerst die Körper Seite an Seite gepreßt ich im Norden gut das wäre es für die Rümpfe die Beine aber die Hände wenn Pim aufhört wo sind was tun die Arme die Hände

der rechte von ihm drüben rechts Achse des Schlüsselbeins oder Kreuz des Heiligen Andreas von der Wolga meiner um seine Schultern seinen Hals ich sehe nicht das wäre es für die rechten Arme und ihre Hände ich sehe nicht man sagt nicht dementsprechend und die anderen die linken die Arme man spricht von unseren Armen vor uns ausgestreckt die Hände zusammen im Sack gut das ist es für die vier Arme die vier Hände aber zusammen wie sich nur berührend oder aneinandergelegt

aneinandergelegt aber wie aneinandergelegt wie beim Händedruck nein sondern seine platt meine darauf die gekrümmten Finger zwischen seine geschoben die Fingernägel gegen die Handfläche das ist die Lage die sie schließlich dort angenommen haben da sehe ich klar also gut und Parenthese die Vision plötzlich zu spät etwas spät wie meine Befehle auf einem anderen Wege einem menschlicheren

meine Forderungen durch ein anderes Spiel Signale ein ganz anderes menschlicheres feineres von Hand zu Hand im Sack von den Linken Fingernägel und Handfläche Kratzungen Pressungen ach was immer noch die Rechte Schlag auf den Schädel Krallen in die Achselhöhle für das Lied Eisen des Büchsenöffners in die Hinterbacke Griff der die Niere trifft Klaps quer hinten vor und Zeigefinger ins Loch alles Notwendige bis zum Ende schade gut und die Köpfe

Kopf an Kopf fatalerweise da meine rechte Schulter sich auf seine linke geschwungen hat bin ich überall obenauf aber an wie denn wie zwei alte zusammen angespannte Gäule nein aber meiner mein Kopf das Gesicht im Dreck seines auf der rechten Wange sein Mund an meinem Ohr unsere miteinander verfilzten Haare Eindruck daß man sie um uns zu trennen hätte zerschneiden müssen gut das wäre es für die Körper die Arme die Hände die Köpfe was also aus uns wurde aus ihm aus mir fallen wir wieder in die Vergangenheit zurück in jene Positur als Pim aufhörte da er nicht mehr konnte da ich einwilligte oder Schlag auf den Schädel da ich nicht mehr konnte ich werde ihn fragen aber aus mir aus mir

Frage das was er gerade gesagt hat vielmehr ich gehört habe von dieser von langem Schweigen verdorbenen Stimme ein Drittel zwei Fünftel oder aber alles jedes Wort Frage ob dort wenn sie aufhört ob darin irgendwo etwas zum Nachdenken Gebet ohne Worte an der Tür eines Stalls lange vereiste Steigung zu der alles Vergebenden zu spät was noch die Nacht auf hoher See bei Ebbe auf dem kleinen inselarmen Meer oder aber irgendeine andere Reise

ob dort etwas um einen Moment zu vertreiben von dieser langen Jahreszeit oder nur ein wenig Wasser für den Durst das man trinkt und adieu Antwort nur ein wenig modriges Wasser ich würde gerne davon trinken zu dieser Stunde

und Frage was ich ihn fragen werde sogleich ihn wohl noch werde fragen können mich damit beschäftigen und wäre es nur ein paar Sekunden lang es würden gute Sekunden sein Antwort nein kommt nicht mehr in Frage warum Antwort weil oh ja

Verstand habe ich noch was ich ihn alles gefragt habe und nicht mehr weiß aber weiß ich wenigstens ob er noch da ist halb in meinen Armen an mich gepreßt in seiner ganzen kleinen Länge das wenigstens wissen und in diesem kleinen Körper ohne Alter schwarz von Schlamm wenn die Stille sich wieder schließt noch Gefühle genug damit er noch da ist

mit mir noch jemand da mit mir und ich noch da seltsamer Wunsch wenn die Stille noch da genug um mich fragen zu können und wäre es nur ein paar Sekunden lang ob er noch atmet oder in meinen Armen schon eine echte Leiche unquälbar hinfort und diese Lauwärme unter meinem Arm an meiner Seite nur Dreck der lauwarm bleibt wir haben es gesehen die Worte lassen einen allerlei sehen mit ihnen seltsame Reisen

los also noch einmal schiebe ziehe wenn nur ein Hering dann und wann eine Krabbe das wären gute Momente leider nicht mehr da der Weg er führt da nicht mehr vorbei die Büchsen unten im Sack hermetisch im luftleeren Raum über ihre Toten für immer verschlossen die Stimme hört auf das Leben dort oben im Licht aus dem einen oder anderen Grund wir mit ihm das ist es was aus uns wird

ich jedenfalls er ich werde ihn fragen was aus mir

jedenfalls wird wenn die Stille ich höre auf dann fang ich wieder an da ist er der Weg Büchsenöffner oder Majuskeln und in den Haaren an meinem Ohr die erpreßte Stimme das Leben dort oben ein Murmeln Griff in die Niere höher höher klarer und was aus mir werden wird wenn ich sie nicht mehr haben werde ich werde eine andree haben quaqua unser aller Stimme ich sagte das nicht ich wußte es nicht dann meine eigene auch nicht

nein nichts ich sagte nichts ich sage es wie ich es höre ich sagte immer kurze Bewegungen der unteren Gesichtshälfte keinerlei Laut Pims Stimme an meinem Ohr daß ich es immer haben würde das Leben dort oben anders nicht möglich unsere kurzen Szenen etwas Blau am Tage immer schönes Wetter ein paar Wolken Flocken nachts die Sterne Himmelskörper nie finster nach Belieben vertraulich Geheimnisse zwischen uns ein Murmeln immerzu die Frage sogar meiner Meinung nach nie hat die Frage mich gestreift der Zweifel meiner Meinung nach ich höre es murmele nie nie

kurz Stimme Pims dann nichts das Leben wie wir sagen kurze Szene eine Minute zwei Minuten gute Momente dann nichts noch bessere ganz ohne Zweifel Kram wartet ein Jahr zwei Jahre er kennt uns etwas da das nicht stimmt aber immerhin zwei Jahre drei Jahre schließlich zu Krim sie sind tot etwas da das nicht stimmt

Krim Tote dir geht es nicht gut man stirbt nicht hier und mit seinem langen mit einer Kralle versehenen Zeigefinger Kram unsicher geworden durchbohrt den Dreck einen kleinen Kamin bis zur Haut dann zu Krim du hast recht sie sind lauwarm Krim zu Kram umgekehrte Rollen das ist der Dreck Kram wir wollen es an der Luft lassen um zu sehen ein Jahr zwei Jahre Finger Krams noch lauwarm

Krim ich kann es nicht glauben messen wir ihre Temperatur Kram unnötig die Haut ist rosa Krim rosa dir geht es wohl nicht gut Kram sie sind lauwarm und rosa das ist es wir sind nichts und wir sind rosa gute Momente ganz ohne Zweifel

kurz noch ein für allemal Stimme Pims dann nichts nichts dann Stimme Pims ich bringe sie zum Schweigen erlaube daß sie schweigt um endlich nicht mehr zu sein lasse sie wieder loslegen um endlich von neuem zu sein etwas da das mir entgeht weil ich sein um zu können Majuskeln Büchsenöffner fatal logisch vom Verstand habe ich noch etwas

im ganzen genommen lebendiger das ist es wohin ich kommen wollte dahin bin ich nun gekommen ich sage es wie ich es höre etwas wie soll man sagen lebendiger besser geht es nicht vor Pim erster Teil unabhängiger ich sah meine Bilder meine eigenen kroch aß denkelte sogar ein wenig vor mich hin wenn man will verlor den einzigen Büchsenöffner klammerte mich an die Spezies Tausendundein Kniff mit Emotionen sogar Gelächter dementsprechenden Tränen schnell getrockneten kurz ich klammerte mich an

nichts auch nichts freilich oft nichts trotz allem tot rosa und lauwarm ich war dafür prädisponiert seit der Gebärmutter so weit ich mich immer weniger zwar kenne seit der Gebärmutter es hört auf zu keuchen ich murmele es

selbst Pim mit Pim am Anfang zweiter Teil erste Hälfte erstes Viertel lebendiger vermocht zu haben wie ich es vermochte ihn abzurichten wie ich es tat ein solches System zu ersinnen und es dann anzuwenden das werde ich jetzt nicht mehr verstehen können es funktionieren zu lassen mein Verderb denn seitdem ist es klar ein Auge öffnet sich halb schließt sich schnell wieder ich habe mich gesehen seit jener Zeit nur noch Stimmen

jene von Pim dann quaqua unser aller endlich meine ganz allein unser aller meine ganz allein auf meine Weise ein Murmeln im Dreck in der schwarzen dünnen

Luft nur noch kurze Wellen dreihundert vierhundert Meter in der Sekunde kurze Bewegungen der unteren Gesichtshälfte mit Gemurmel kurzes Beben zu ebenem Dreck ein Meter zwei Meter ich so lebendig nur noch Worte ein Murmeln dann und wann

soviel Worte soviel verlorene eins von dreien zwei von fünfen der Laut dann der Sinn gleiches Verhältnis oder aber keins ich höre alles verstehe alles und lebe wieder ich habe wieder gelebt ich sage nicht dort oben im Licht unter den Schatten den Schatten suchend ich sage hier DEIN LEBEN HIER kurz meine Stimme sonst nichts also nichts sonst meine Stimme also meine Stimme soviel Worte eins am anderen ein Gemurmel nämlich erstes Beispiel

nämlich sie verläßt mich wie die anderen dann nichts nichts als nichts dann Bom das Leben mit Bom die alten von weither wiedergekehrten Worte einige er legt Wert darauf er liegt zu meiner Linken der rechte Arm um mich herum die linke Hand im Sack in meinem das Ohr an meinem Mund mein Leben dort oben ganz leise ein paar alte vermoderte Azurblau der unsterbliche Morgen Abend bringend Namen anderer Zeitabschnitte ein paar gebräuchliche Blumen Nächte immer zu hell was man auch sagt sichere Orte nacheinander höllische homes er wird mich immer behalten Momente ganz leise nach Belieben der langen

Pest die uns nicht umbrachte dann ätsch allein wie eine Ratte vom Kopf bis zu den Füßen im Dunkel im Dreck

oder nämlich zweites Beispiel kein Pim kein Bom ich allein eine einzige Stimme meine sie verläßt mich kommt wieder zu mir ich mit ihr oder endlich unter den Lichtern drittes und letztes Beispiel unter den Lichtern des idealen Beobachters der Mund plötzlich der sich bewegt und alles rund herum die ganze untere Gesichtshälfte die Zunge die hervorschießt rosa eine Sekunde etwas Speichel der perlt dann plötzlich gerader Strich eingezogene Lippen keine Spur mehr von Schleimhaut Zahnfleisch das man sich als zwei von einem zum anderen Ende fest zusammengepreßte Bögen vorstellt er ahnt nichts aber wo bin ich verschwunden dann plötzlich abermals dann dann wohin gehe ich von dann zu dann und zwischen aber zuerst schnell damit fertigwerden mit dem gemeinsamen Leben endlich Ende des zweiten endlich nur noch der letzte

DEIN LEBEN HIER lange Zeit DEIN LEBEN HIER recht tief lange Zeit diese tote Seele welch ein Entsetzen ich kann es mir vorstellen DEIN LEBEN unvollendet denn Gemurmel Licht Licht des Tages und der Nacht kurze Szene HIER bis aufs Blut und jemand auf den Knien oder zusammengekauert in einer schattigen

Ecke Anfang einer kurzen Szene im Halbschatten HIER HIER bis auf den Knochen der Fingernagel bricht dabei schnell einen anderen in die Ritzen HIER HIER Gebrüll Schlag auf den Schädel das ganze Gesicht in den Dreck den Mund die Nase kein Atem mehr und Gebrüll immer noch nie sowas gesehen sein Leben hier Gebrüll unerstickbares Gebrüll in der schwarzen Luft und im Dreck eines alten Kindes gut wir wollen wieder von neuem beginnen HIER HIER bis aufs Mark das Gebrüll es läßt sich trinken Sonnenjahre keine Zahlen bis endlich gut verstanden das Leben hier dieses Leben er kann nicht

Fragen also LIEBST DU MICH LUMP diese Familie Wort auf Wort um fertigzuwerden wir sind endlich so weit ob er sich erinnert wie er angekommen nein eines Tages hat er sich da befunden ja wie wenn man geboren wird ja wenn man will ja ob er weiß vor wieviel nein keine Ahnung nein ob er sich erinnert wie er gelebt nein immer so gelebt ja ausgestreckt im Dreck ja im Dunkel ja mit seinem Sack ja

nie ein Schimmer nein nie jemand nein nie eine Stimme nein ich die erste Person ja nie gerührt nein gekrochen nein ein paar Meter nein gegessen Pause GEGESSEN recht tief nein ob er weiß was in dem Sack nein nie wißbegierig gewesen nein ob er glaubt sterben zu können eines Tages Pause STERBEN EINES TAGES nein nie für jemanden gemacht was ich für ihn beleben nein sicher ja nie an seinem Fleisch ein anderes gefühlt nein glücklich nein unglücklich nein ob er mich an sich fühlt nein nur wenn ich ihn martere ja

ob er gerne singt nein aber manchmal singt er ja immer dasselbe Lied Pause DASSELBE LIED ja ob er Dinge sieht ja oft nein kurze Szenen ja im Licht ja aber nicht oft nein als ob es aufleuchtete ja als ob ja

Himmel und Erde ja überall herumschnüffelnde Leute ja und er da irgendwo ja geduckt irgendwo ja als ob der Dreck sich auftäte ja oder durchsichtig würde ja aber nicht oft nein nicht lange nein sonst das Dunkel ja er nennt das das Leben dort oben ja im Gegensatz zum Leben hier Pause HIER Gebrüll gut

es sind keine Erinnerungen nein er hat keine Erinnerungen nein er ist nicht notwendigerweise dort oben gewesen nein an den Orten die er sieht nein aber er ist da vielleicht gewesen ja geduckt irgendwo ja an den Mauern entlangschleichend nachts ja er kann nichts versichern nein leugnen nein man kann also nicht von Erinnerungen sprechen nein aber man kann auch davon sprechen ja

ob er zu sich spricht nein denkt nein an Gott glaubt ja jeden Tag nein zu sterben wünscht ja aber nicht damit rechnet nein er rechnet damit dazubleiben ja im Dunkeln ja im Dreck ja platt wie eine Wanze ja ohne Bewegung ja ohne Gedanken ja ewig ja

ob er sich dessen was er sagt sicher ist nein er kann nichts versichern nein er hat viele Dinge vergessen können nein gewisse kleine Dinge ja das Wenige was es gegeben hat ja wie ein wenig gekrochen zu sein ja ein wenig gegessen zu haben ja ein wenig gedacht ein wenig gemurmelt für sich ganz allein ja eine menschliche Stimme gehört nein er würde das nicht vergessen haben nein einen Bruder vor mir gestreift nein er würde das nicht vergessen haben nein

ob er will daß ich ihn lasse ja in Frieden ja ohne mich ist Frieden ja war Frieden ja alle Tage nein ob er glaubt daß ich ihn lassen werde nein ich werde dableiben ja an ihn gepreßt ja um ihn zu martern ja ewig ja

aber er kann nichts versichern nein leugnen nein das hat sich anders zutragen können ja sein Leben hier Pause sein Leben hier hat sich anders zutragen können Pause DEIN LEBEN HIER recht tief in die Ritzen Gebrüll Schlag auf den Schädel Gesicht in den Dreck Nase Mund Gebrüll im Dreck gut erledigt er kann nicht

DORT OBEN es leuchtet auf kurze Szenen im Dreck oder Andenken an ehemalige die Worte er findet sie für den Frieden HIER Gebrüll dieses Leben er kann nicht oder nicht mehr er hat es gekonnt wie es war vor dem anderen mit dem anderen nach dem anderen vor mir das Wenige was es gegeben hat fast alles wie ich mein Leben hier vor Pim mit Pim wie es war das Wenige was ich gehabt habe das alles ich habe es sagen können ich glaube wie ich es höre und sage um fertigzuwerden durch sein Beispiel belehrt ganz leise in den Dreck schnell schnell bald nicht mehr ich auch nicht mehr nie Pim nie gehabt nie etwas von all diesem Wenigen also schnell das Wenige das bleibt schnell es hinzufügen vor Bom bevor er kommt um es mich zu fragen wie es war mein Leben hier vor ihm das Wenige das bleibt schnell es hinzufügen wie es war nach Pim vor Bom wie es ist

schnell also Ende endlich des zweiten wie es war mit Pim endlich nur noch der dritte und letzte wie es war nach Pim vor Bom wie es ist indem ich sage wie ich es höre daß eines Tages das alles jedes Wort immer wie ich es höre in mir was draußen war quaqua unser aller Stimme wenn es aufhört zu keuchen und es murmele im Dreck in den Dreck daß eines Tages wieder zu mir gekommen zu Pim warum man weiß nicht man sagt nicht vom Nichts wiedergekommen vom Nichts die Überraschung allein zu sein kein Pim mehr ich allein im Dunkel im Dreck Ende endlich des zweiten wie es war mit Pim endlich nur noch der dritte und letzte wie es war nach Pim vor Bom wie es ist das ist es wie es war mit Pim

III

hier also ich zitiere immerzu dritter Teil wie es war nach Pim wie es ist dritter endlich und letzter zu dem hin leichter als Luft eine Weile zack heruntergefallen soviele Wünsche Seufzer Gebete ohne Worte vom ersten Wort an ich höre das Wort wie

keine Zeit mehr ich sage es wie ich es höre es murmele im Dreck ich verfalle verfalle das ist zuviel gesagt keinen Kopf mehr Phantasie am Ende keinen Atem mehr

die ungeheure Vergangenheit selbst die unmittelbare selbst die ferne der Uralten altes Heute oder wieder der Kolibri genannt der vergehende Augenblick das alles

die ungeheure Vergangenheit der Kolibri er kommt von links man schaut ihm nach flink Halbkreis rechtsherum dann Ruhe dann der folgende dann dann oder man schließt sie ist vorzuziehen Kopf gesenkt oder nein unterm Gewitter kleine weiße gute

Momente kurze schwarze dann ssst der folgende das alles

das alles fast weiß das so verziert war ein paar Spuren das ist alles bei dem was ich immer war mehr oder weniger nämlich wenig wenig da aber da wenig aber da notwendigerweise

vor Pim lange vorher mit Pim ungeheure Zeiten Arten von Gedanken gleiche Familie allerlei Zweifel Emotionen sogar bis zum Tränenerguß Motionen auch und Bewegungen sowohl der Teile wie der Gesamtheit wie wenn er weggeht das Ganze um das wahre home zu suchen

da also mehr oder weniger ehemals mehr letzthin weniger sehr wenig in all den letzten Zeiten es sind die letzten äußerst wenig fast gar nicht ein paar Sekunden hin und wieder das Nötige um ein Leben zu markieren mehrere Leben Kreuze überall unauslöschliche Spuren

das alles fast weiß nichts da herauszukriegen beinahe nichts nichts da hineinzulegen das ist es das Traurigste das würde es sein die auf den Tiefstpunkt gefallene Phantasie die zur Neige geht was man verfallen nennt man ist dazu versucht oder aber steigen Himmel endlich nichts als da im Grunde

oder endlich nicht rühren das ist vertretbar halb im Dreck halb draußen

keinen Kopf mehr jedenfalls beinahe keinen mehr kein Herz mehr gerade genug um sich darüber zu freuen ein wenig zu freuen so wenig da zu sein zu verfallen ein wenig endlich da man auf den Tiefstpunkt gefallen ist

ein wenig heiter je weniger man da ist umso heiterer ist man wenn man da ist weniger Tränen etwas weniger wenn man da ist die Worte fehlen alles fehlt ungefähr weniger Tränen mangels Worten mangels Nahrung sogar die Geburt sie fehlt das alles das macht heiter das muß es sein das alles ein wenig heiterer

wie es war das fehlt vor Pim mit Pim alles verloren fast alles nichts mehr fast nichts zum Glück ist es getan nur noch nachher wie es ist seit Pim eine ungeheure Zeit vor Pim mit Pim ungeheure Zeiten ein paar Minuten hin und wieder zusammengezählte ungeheuer die Ewigkeit gleiche Größenordnung nichts drin fast nichts die Augen zukneifen ich zitiere immerzu nicht die blauen die anderen andere dahinter etwas sehen irgendwo nach Pim nur noch das der Atem im Kopf nur noch ein Kopf nichts drin fast nichts nur der Atem hah hah hundert in der Minute ihn zurückhalten zehn Sekunden fünfzehn Sekunden etwas hören versuchen zu hören ein paar alte Worte nach Pim wie es war wie es ist schnell

Pim schnell nach Pim bevor er verschwindet nie gewesen nur ich ich Pim wie es war vor mir mit mir nach mir wie es ist schnell

ein Sack recht so in der Farbe des Drecks im Dreck schnell sagen daß es ein Sack ist in der Farbe der Umgebung er hat sie angenommen hatte sie schon immer es ist das eine oder das andere nicht etwas anderes suchen was das wohl anderes sein könnte soviel anderes Sack sagen altes Wort das erste beste eine Silbe k am Ende keine andere suchen alles würde verschwinden ein Sack das wird gehen das Wort das Ding das gehört zu den möglichen Dingen auf dieser so wenig möglichen Welt ja Welt was kann man mehr wünschen ein mögliches Ding ein mögliches Ding sehen es sehen es nennen es nennen es sehen genug Ruhe ich komme wieder eines Tages notwendigerweise aufhören zu keuchen sagen was man hört es sehen einen Arm in der Farbe des Drecks der aus dem Sack kommt schnell einen Arm sagen dann einen anderen einen anderen Arm sagen ihn sehen steif gestreckt wie zu kurz um zu erreichen diesmal eine Hand hinzufügen Finger ausgestreckt gespreizt monströse Fingernägel sagen das alles zu sehen

einen Körper was soll das einen Körper sagen einen Körper sehen die ganze Rückseite ursprünglich weiß ein paar hell gebliebene Flecken Grau der Haare sie wachsen noch genug einen Kopf einen Kopf sagen einen Kopf gesehen zu haben alles gesehen all das Mögliche einen Sack Lebensmittel einen ganzen Körper am Leben ja der lebt aufhören zu keuchen es soll aufhören zu keuchen zehn Sekunden fünfzehn Sekunden diesen Atem hören Beweis des Lebens es sagen hören sagen es zu hören gut weiterkeuchen lauter denn je

dann und wann wie je nach dem Wind aber kein Hauch trocken und schwach die Mühlklapper Gottes alte Mühle im Leerlauf kreisend oder je nach der Laune als ob sie wechselte große Schere der alten Schwarzen älter als die Welt klick klack klick klack zwei Fäden in der Sekunde fünf alle zwei nie meinen

das ist alles ich werde nichts mehr hören nichts mehr

sehen doch um zu enden ein paar alte Worte noch es bedarf ihrer noch weniger alte etwas wie zur Zeit Pims zweiter Teil diese sind zu Ende nie gewesen aber alte eine ungeheure Zeit diese Stimme diese Stimmen wie von allen Winden getragen aber kein Hauch ein anderes Altertum ein etwas neueres aufhören zu keuchen es soll aufhören zehn Sekunden fünfzehn Sekunden ein paar alte Worte hin und wieder sie hinzufügen die einen zu den anderen Sätze machen

ein paar alte Bilder immer die gleichen kein Blau mehr das Blau ist zu Ende nie gewesen der Sack die Arme der Körper der Dreck das Dunkel Haare und Fingernägel die leben das alles

meine Stimme wenn man will endlich wiedergekehrt eine endlich in meinen Mund wiedergekehrte Stimme mein Mund wenn man will eine Stimme endlich im Dunkel im Dreck man hat keine Vorstellung von diesen Zeiträumen

dieser Atem ihn zurückhalten er soll sich zurückhalten einmal zweimal pro Tag und Nacht die Zeit die es ausmacht für jene unter denen und über denen und um die herum die Erde sich dreht und alles dreht die soviel rennen von einem Ziel zum anderen daß ich ohne diesen Atem glauben würde ihre Schritte zu hören ihn zurückhalten er soll sich zurückhalten zehn Sekunden fünfzehn Sekunden versuchen zu hören

von diesem alten Märchen quaqua überallher dann in mir Fetzen versuchen zu hören ein paar Fetzen zwei drei jedesmal pro Tag und Nacht sie hinzufügen die einen zu den anderen Sätze machen andere Sätze die letzten wie es war nach Pim wie es ist etwas da das nicht stimmt Ende des dritten und letzten

diese Stimme diese Stimmen wie soll man es wissen nicht daß es ein Chor wäre eine einzige aber quaqua das heißt überallher Lautsprecher möglich die Technik aber Achtung

Achtung nie zweimal die gleiche oder aber die Zeit ungeheure Zeiten gealtert unkenntlich nein denn oft nachher frischer lauter als vorher es sei denn daß Krankheit Mißgeschicke manchmal geht es vorüber es geht einem nachher besser weniger schlecht als vorher

oder aber Aufnahmen auf Ebonit oder Ähnlichem ein ganzes Leben Generationen auf Ebonit man kann es sich vorstellen nichts hindert einen daran mischen den natürlichen Ablauf ändern damit spielen oder schließlich dieselbe und ich meine Schuld Mangel an Aufmerksamkeit an Gedächtnis die Zeiten die sich mischen in meinem Kopf alle Zeiten vorher während nachher ungeheure Zeiten

und immer dieselbe Sache dieselben Sachen mögliche unmögliche oder ich der nur das wiederfindet wenn es aufhört zu keuchen nur das hört dieselben Sachen vier fünf ein paar Verzierungen das Leben dort oben kurze Szenen

zu mir sagte sie sie von mir zu wem sonst von wem sonst die Augen zukneifen versuchen einen anderen zu sehen zu dem von wem zu dem von mir von dem zu mir oder noch einen dritten die Augen zukneifen versuchen einen dritten zu sehen das alles mischen

quaqua unser aller Stimme welche alle alle jene hier vor mir und kommende Einsame in dieser Suhle oder aneinandergepreßt alle Pims zu Opfern beförderte Schinder vergangene wenn das je vergeht und zukünftige das ist sicher mehr als die Erde je umbrachte der Erde Licht jene alle

von ihr habe ich hatte ich das Wenige das blieb habe ich das Wenige das bleibt von wie es war vor Pim mit Pim nach Pim und bis wie es ist auch für das fand sie Worte für wie es sein würde wenn ich sie nicht mehr hätte bevor ich meine hätte dieses riesige Loch da und wenn ich sie endlich haben würde dieser riesige Zeitraum da wie es dann sein würde wenn ich meine haben würde und wenn ich sie nicht mehr haben würde wie es dann sein würde

der Moment da ich ohne es zu können sagen müßte Mama Mamili diese Geräusche hören meinen Durst nach Labialen täuschen von da an Worte für jenen Moment und folgende eine ungeheure Zeit

Bewegungen der unteren Gesichtshälfte für nichts keinerlei Laut keinerlei Wort dann nicht einmal nicht mehr der Mühe wert nicht mehr damit rechnen wenn es die einzige Hoffnung ist etwas anderes suchen wie es dann sein würde Worte auch dafür

von ihr das alles von dem so Wenigen das Wenige das bleibt ich habe mich genannt es hört auf zu keuchen und ich bin ein Weilchen dieses alte Wenig immer weniger das ich zu hören glaube von einer alten Stimme quaqua unser aller wie wir schließlich wohl gewesen sein werden da stimmt etwas nicht

das heißt je nach dem herrschenden Grad der Heiterkeit mehr als auf der Erde seit dem goldenen Zeitalter dort oben im Licht die tot gefallenen Blätter es gibt welche die flattern am Ast bis zum Lenz todschwarz prangend in der grünen Lumperei einige verbringen in diesem Zustand zwei Lenze anderthalb Sommer eindreiviertel

vor Pim die Reise erster Teil rechtes Bein rechter Arm schiebe ziehe zehn Meter fünfzehn Meter Halt kurzes Schläfchen eine Sardine oder Ähnliches Zunge im Dreck ein paar Bilder stumme Worte nicht fallen Wiederaufbruch schiebe ziehe das alles erster Teil vor Pim aber vorher

eine andere Geschichte im Dunkel lassen nein dieselbe Geschichte nicht zwei Geschichten trotzdem im Dunkel lassen wie den Rest etwas mehr ein paar Worte trotzdem ein paar alte Worte wie über den Rest aufhören zu keuchen es soll aufhören

versuchen zu hören ein paar alte Worte hin und wieder sie zusammenpressen ein Satz ein paar Sätze versuchen zu sehen wie es wohl sein konnte nicht vor Pim das ist erledigt erster Teil noch vor dem eine ungeheure Zeit

zwei wir waren also zwei Hand quer über meine Hinterbacken man war gekommen Bem Pem eine Silbe ein m am Ende der Rest einerlei Bem war gekommen sich an mich zu pressen siehe später Pim und ich

ich war gekommen mich an Pim zu pressen dasselbe bloß daß ich Pim Bem ich Bem links ich rechts im Süden

Bem gekommen sich an mich zu pressen da wo ich verlassen lag mir einen Namen zu geben mich von einem Leben dort oben sprechen zu lassen das ich gehabt hätte im Licht bevor ich fiel alles was gesagt worden ist ein zweiter Teil ein weiterer zweiter vor dem ersten bloß daß ich Pim Bem ich Bem links ich rechts im Süden ich höre es murmele es in den Dreck

also zusammen gemeinsames Leben ich Bem er Bem wir Bem eine ungeheure Zeit bis zu dem Tag Tag hören es wiederholen es murmeln sich nicht schämen als ob es eine Erde gäbe eine Sonne Momente da es weniger dunkel ist dunkler ist hier lachen

dunkel hell diese Worte jedesmal wenn sie vorkommen Nacht Tag Schatten Licht diese Familie Lust zu lachen jedesmal nein manchmal drei Mal von zehn vier von fünfzehn dieses Verhältnis versuche manchmal dasselbe Verhältnis erreiche es manchmal dasselbe Verhältnis

hell dunkel diese Familie von hundert Malen die sie vorkommen drei vier gelungene Lacher von jenen die ein Weilchen schütteln ein Weilchen wiedererwecken dann einen mehr tot als vorher liegenlassen

bis zu dem Tag also es murmeln sich nicht schämen nicht lachen da zu seiner Überraschung da ist etwas Bem allein im Dunkel im Dreck Ende für ihn dieses Teils für mich auch zu meiner Überraschung auch da ist etwas das nicht stimmt der sich entfernt rechtes Bein rechter Arm schiebe ziehe zehn Meter fünfzehn Meter zu Pim lange lange Reise

Zeit zu vergessen alles zu verlieren alles zu ignorieren woher ich komme wohin ich gehe häufige Halte kurze Schläfchen eine Sardine Zunge im Dreck Wiederverlust der so teuer wiedergewonnenen Sprache ein paar Bilder Himmel homes kurze Szenen Halbstürze aus der Art kurze Bewegungen der unteren Gesichtshälfte keinerlei Laut Verlust des schönen Namens Bem erster Teil vor Pim wie es war eine ungeheure Zeit es ist erledigt

es ist gekommen ist gesagt gemurmelt im Dreck wie es war nicht vor Pim das ist erledigt erster Teil noch vor dem eine ungeheure Zeit sehr hübsch nur nicht so das stimmt nicht da ist etwas das nicht stimmt

der Sack es ist der Sack Pim ist ohne Sack aufgebrochen er hat mir seinen Sack hinterlassen ich habe also meinen Sack Bem hinterlassen ich werde meinen Sack Bom hinterlassen ich werde Bom ohne Sack verlassen ich habe Bem ohne Sack verlassen um mich zu Pim zu begeben es ist der Sack

Bem ich war also bei Bem bevor ich mich zu Pim begab ich habe Bem also ohne Sack verlassen und doch dieser Sack den ich hatte als ich mich zu Pim begab erster Teil dieser Sack den ich hatte

dieser Sack also den ich nicht hatte als ich Bem verließ und den ich hatte als ich mich zu Pim begab ohne zu wissen daß ich jemanden verlassen hatte mich zu jemandem begab dieser Sack also den ich hatte ich hatte ihn also gefunden Verstand habe ich noch ein wenig dieser Sack ohne den keine Reise

ein Sack es muß sein Lebensmittel wenn man reist wir haben es gesehen sehen müssen erster Teil sowas muß sein es ist so eingestellt wir sind so eingestellt

aufgebrochen also ohne Sack ich hatte einen Sack ich hatte ihn also auf meinem Wege gefunden so die Schwierigkeit ist beseitigt wir hinterlassen unsere Säcke jenen die sie nicht nötig haben wir nehmen ihre Säcke jenen die sie nötig haben werden wir brechen ohne Sack auf wir finden einen wir können reisen einen Sack den man wenn man hier stürbe für den eines endlich Toten halten würde der ihn im Moment des Todes losgelassen hätte dann verschwunden wäre unterm Dreck aber da nein ein einfacher Sack nicht mehr dem Tastgefühl nach ein kleiner für Kohle fünfzig Kilo feuchte Jute Lebensmittel drin

ein einfacher Sack also nicht mehr den wir kaum aufgebrochen ohne Lebensmittel ohne Ahnung welche zu finden ohne Erinnerung daran welche gehabt zu haben ohne Ahnung welche nötig zu haben finden kaum aufgebrochen im Dunkel im Dreck zu einer Reise die ohne das kurz wäre und es nicht ist eine ungeheure Zeit und verlieren kurz vor der Ankunft zusammen mit den unverzehrten Lebensmitteln wir haben es gesehen erster Teil wie es war vor Pim

also mehr Säcke hier als Leute unendlich viel mehr wenn wir unendlich reisen und was für ein unendlicher Verlust ohne Gewinn so diese Schwierigkeit ist beseitigt da ist etwas das nicht stimmt

im Augenblick da ich Bem verlasse verläßt ein anderer Pim wenn wir hunderttausend sind genau in diesem Augenblick fünfzigtausend Aufbrüche fünfzigtausend Verlassene keine Sonne keine Erde nichts dreht sich der gleiche Augenblick immer überall im Augenblick da ich Pim erreiche erreicht ein anderer Bem wir sind so eingestellt unsere Gerechtigkeit will es so fünfzigtausend Paare aufs neue im selben Augenblick überall derselbe durch denselben Raum Getrennte das ist Mathematik das ist unsere Gerechtigkeit in diesem Schlamm wo alles gleich ist Wege Gangweisen rechtes Bein rechter Arm schiebe ziehe

ebenso lange wie ich mit Pim der andere mit Bem hunderttausend Liegende zu zweit aneinandergepreßt eine ungeheure Zeit nichts rührt sich außer auf Seiten der Schinder jener die an der Reihe sind dann und wann ein rechter Arm die Achselhöhle kratzen wegen des Lieds die Inschriften einschneiden den Büchsenöffner hineinstoßen die Niere prellen alles Notwendige

in dem Augenblick da Pim mich verläßt und sich zu einem anderen begibt verläßt Bem einen anderen und kommt zu mir ich versetze mich an meinen Gesichtspunkt Wanderung von Schlammwürmern also oder Spulwürmern Szissionswahn an den Tagen großer Heiterkeit

in dem Augenblick da Pim den anderen erreicht um wieder mit ihm das einzige Paar zu bilden das er bildet außer dem das er mit mir bildet erreicht mich

Bem um wieder mit mir das einzige Paar zu bilden das er bildet außer dem das er mit dem anderen bildet

Erleuchtung hier Bem ist also Bom oder Bom Bem und die Stimme quaqua von der ich mein Leben habe diese Fetzen Leben in mir wenn es aufhört zu keuchen von drei Sachen eine

da wo sie mir zufolge Bem sagte als sie über wie es war sprach vor der Reise erster Teil und Bom als sie über wie es sein wird sprach nach dem Verlassen dritter Teil und letzter sagte sie in Wirklichkeit

sagte sie in Wirklichkeit in einem Falle wie im anderen entweder bloß Bem oder bloß Bom

oder sie sagte in Wirklichkeit bald Bem bald Bom aus Zerstreutheit oder Unachtsamkeit indem sie glaubte nicht zu variieren ich personifiziere sie sie personifiziert sich

oder endlich sie ging absichtlich von einem zum anderen über je nachdem ob sie über wie es war vor der Reise sprach oder über wie es sein wird nach dem Verlassen da sie nicht begriffen hatte daß Bem und Bom nur einer sein konnten daß man ihn sich noch so sehr unter neuen Aspekten wünschen mochte den dessen Ankunft sie mir ankündigte rechtes Bein rechter Arm schiebe ziehe zehn Meter fünfzehn Meter

daß es notwendigerweise der andere war der alte von dem sie mir sagte daß ich ihn ertragen dann verlassen hätte um mich zu Pim zu begeben wie Pim mich ertragen dann verlassen um sich zu seinem eigenen anderen zu begeben

um nein ohne es zu wissen alles hier ohne es zu wissen unsere Gerechtigkeit sich wegbegeben nie verlassen sich begeben nie irgendwohin

ohne es zu wissen daß jeder immer denselben verläßt sich immer zum selben begibt immer denselben verliert sich zu dem begibt der ihn verläßt den verläßt der zu ihm kommt unsere Gerechtigkeit

Millionen Millionen wir sind Millionen und wir sind drei ich versetze mich an meinen Gesichtspunkt Bem ist Bom Bom Bem sagen wir Bom das ist besser also Bom ich und Pim ich in der Mitte

so in mir ich zitiere immerzu wenn es aufhört zu keuchen Fetzen dieser alten Stimme über sie ihre Inexaktheiten ihre Exaktheiten über uns die Millionen die wir sind die drei unsere Paare Reisen und Verlassenheiten über mich ganz allein ich zitiere immerzu meine imaginären Reisen imaginären Brüder in mir wenn es aufhört zu keuchen was draußen war quaqua überallher Fetzen ich murmele sie

eine Stimme die ich wenn ich eine hätte für die meine hätte halten können die im Moment da ich sie höre ich zitiere immerzu sowohl der den Bom meinetwegen um zu mir zu kommen verlassen hat als auch der dessentwegen Pim um sich zu ihm zu begeben mich verlassen hat und wenn wir eine Million sind auch die 499997 anderen Verlassenen hören

dieselbe Stimme dieselben Dinge bis auf die Eigennamen und auch das kaum zwei genügen jeder wartet ohne Namen auf seinen Bom begibt sich ohne Namen zu seinem Pim

Bom zu dem Verlassenen nicht ich Bom du Bom wir Bom sondern ich Bom du Pim ich zum Verlassenen nicht ich Pim du Pim wir Pim sondern ich Bom du Pim da ist etwas das gar nicht stimmt

so ewiglich ich zitiere immerzu da ist etwas das verlorengegangen ist so ewiglich bald Bom bald Pim je nachdem ob man links oder rechts ist im Norden oder im Süden Schinder oder Opfer diese Worte sind zu stark Schinder immer desselben Opfers immer desselben und bald allein verlassener Reisender ganz allein ohne Namen all diese Worte zu stark fast alle ein wenig zu stark ich sage es wie ich es höre

oder ein einziger ein einziger Name der schöne Name Pim und ich höre schlecht oder die Stimme sagt es schlecht und da wo ich Bom höre oder wo sie Bom sagt in mir wenn es aufhört zu keuchen den Fetzen Bom der draußen war quaqua überallher

da wo ich höre oder wo sie wirklich sagt daß ich bevor ich mich zu Pim begab erster Teil bei Bom war wie Pim bei mir zweiter Teil

oder daß in diesem Moment dritter Teil rechtes Bein rechter Arm schiebe ziehe Bom zu mir wie ich zu Pim erster Teil

es ist Pim was gehört werden muß Pim was gesagt werden mußte daß ich bei Pim war bevor ich mich zu Pim begab erster Teil und daß in diesem Moment dritter Teil Pim zu mir wie ich zu Pim erster Teil rechtes Bein rechter Arm schiebe ziehe zehn Meter fünfzehn Meter

also eine Million wenn wir eine Million sind eine Million Pims bald regungslos zwei und zwei aneinandergepreßt zum Zwecke der Drangsal zu stark fünfhunderttausend kleine Haufen in der Farbe des Drecks bald tausend tausend Einzelne ohne Namen eine Hälfte Verlassene eine Hälfte Verlassende

und drei wenn wir drei sind wenn in mir wenn es aufhört zu keuchen diese Stimme die draußen war quaqua überallher wenn ich diese Stimme höre die von Millionen spricht von dreien die ich wenn ich eine hätte ich zitiere ein wenig Herz ein wenig Kopf für die meinige halten könnte ich einziger Verlassener bin der einzige der sie hört

der murmelt von Millionen von dreien von unseren Reisen Paaren und Verlassenheiten von Namen die wir uns geben und wiedergeben

alle diese Fetzen ich bin der einzige der sie hört der einzige der sie murmelt im Dreck in den Dreck da meine beiden Gefährten wir haben es gesehen unterwegs sind jener der zu mir kommt und jener der sich davon entfernt da ist etwas das nicht stimmt das heißt jeder in seinem ersten Teil

oder in seinem fünften oder in seinem neunten oder in seinem dreizehnten und so fort

das stimmt

wohingegen die Stimme wir haben es gesehen Privileg des dritten oder siebten oder elften oder fünfzehnten und so fort genauso wie das Paar das des zweiten oder vierten oder sechsten oder achten und so fort

das stimmt

unter der Bedingung die hier vorgeschlagene Ordnung nämlich zuerst die Reise dann das Paar schließlich die Verlassenheit jener Ordnung jenen Ordnungen vorzuziehen die man erhalten würde wenn man mit der Verlassenheit begönne um zur Reise zu gelangen nachdem man das Paar durchgemacht hätte oder wenn man mit dem Paar begönne um zum

zum Paar zu gelangen

nachdem man die Verlassenheit durchgemacht hätte

oder die Reise

das stimmt

da ist etwas das nicht stimmt

und wenn ich im Gegenteil allein bin dann kein Problem mehr Lösung die ohne eine ernsthafte Anstrengung der Phantasie schwer vermeidbar zu sein scheint derzufolge zum Beispiel unsere Strecke eine geschlossene krumme Linie wäre wo wenn wir die Nummern von 1 bis 1000000 tragen die Nummer 1000000 ihren Schinder die Nummer 999999 verlassend anstatt sich in die Einöde zu stürzen auf ein nichtexistierendes Opfer zu auf die Nummer 1 zustrebt

und wo die Nummer 1 verlassen von ihrem Opfer der Nummer 2 nicht ewiglich des Schinders bar bleibt da dieser letzte wir haben es gesehen in der Person der Nummer 1000000 sich auf dem schnellsten Wege nähert rechtes Bein rechter Arm schiebe ziehe zehn Meter fünfzehn Meter

und drei wenn wir nur drei sind und also nur die Nummern von 1 bis 3 tragen vielmehr vier das ist besser man sieht besser wenn wir nur vier sind und also nur die Nummern von 1 bis 4 tragen

also zwei Plätze nur an den äußersten Enden der längsten Bogensehne also a und b für die vier Paare die vier Verlassenen

zwei Bahnen nur von je einem Halbkreis also wie soll man es sagen a b und b a für die Reisenden

daß ich zum Beispiel die Nummer 1 trüge das wäre normal und mich in einem gegebenen Moment verlassen bei a am Ende der großen Bogensehne fände wiederfände und angenommen daß man rechtsherum kreiste

dann werde ich bevor ich mich von neuem am selben Punkt und ungefähr im selben Zustand wiederfinde nacheinander folgendes sein

Opfer des 4 bei a unterwegs auf a b Schinder des 2 bei b von neuem verlassen aber diesmal bei b von neuem Opfer des 4 aber diesmal bei b von neuem unterwegs aber diesmal auf b a von neuem Schinder des 2 aber diesmal bei a und schließlich von neuem verlassen bei a und im Begriff wiederanzufangen

das stimmt

für jeden von uns also wenn wir vier sind bevor die Ausgangslage wiederhergestellt ist zwei Verlassenheiten zwei Reisen vier Paarungen von denen zwei auf der linken Seite als Schinder immer desselben für mich des 2 und zwei auf der rechten Seite als Opfer immer desselben für mich des 4

was den 3 angeht so kenne ich ihn nicht und folglich er mich nicht ebenso wie sich der 2 und der 4 nicht kennen für jeden von uns also bleibt wenn wir vier sind einer von uns der Unbekannte oder der den man nur vom Hörensagen kennt das ist auch noch möglich

ich verkehre mit dem 4 und dem 2 als Opfer und Schinder je nachdem und der 2 und der 4 verkehren mit dem 3 als Schinder und Opfer je nachdem

möglich also im Prinzip daß ich der Nummer 3 einerseits durch die Vermittlung meines Opfers dessen Opfer er ist und andererseits durch die meines Schinders dessen Schinder er ist möglich also ich wiederhole ich zitiere daß ich der Nummer 3 nicht völlig unbekannt bin ohne daß wir je Gelegenheit gehabt hätten einander zu treffen

ähnlich wenn wir eine Million sind kennt jeder von uns persönlich nur seinen Schinder und sein Opfer also den der ihm unmittelbar folgt und den der ihm unmittelbar vorangeht

und ist persönlich nur ihnen bekannt

aber kann im Prinzip sehr wohl vom Hörensagen die anderen 999997 kennen die er auf Grund seines Platzes in der Runde zu treffen nie Gelegenheit hat

und vom Hörensagen ihnen bekannt sein

nehmen wir zwanzig Nummern die einander folgen

aber irgendwelche irgendwelche es kommt nicht darauf an

814326 bis 814345

der 814327 kann über den 814326 sprechen unpassendes Wort da die Schinder stumm sind wir haben es gesehen zweiter Teil mit dem 814328 der mit dem 814329 über ihn sprechen kann der mit dem 814330 über ihn sprechen kann und so fort bis zum 814345 der auf diese Weise den 814326 vom Hörensagen kennen kann

ähnlich kann der 814326 vom Hörensagen den 814345 kennen da der 814344 über ihn mit dem 814343 gesprochen hat und dieser mit dem 814342 und dieser mit dem 814341 und so fort bis zum 814326 der auf diese Weise den 814345 vom Hörensagen kennen kann

nach beiden Richtungen ins Unendliche übertragbares Gerücht

von links nach rechts durch die vertraulichen Mitteilungen des Schinders an sein Opfer das sie seinem eigenen wiederholt von rechts nach links durch die vertraulichen Mitteilungen des Opfers an seinen Schinder der sie seinem eigenen wiederholt

alle diese Worte ich wiederhole es ich zitiere immerzu Opfer Schinder vertrauliche Mitteilungen wiederhole zitiere ich und die anderen alle diese Worte zu stark ich sage es immerzu wie ich es immerzu höre es immerzu murmele in den Dreck nur das Unendliche ist uns gemäß

aber Frage wozu

denn wenn der 814336 dem 814335 den 814337 beschreibt und dem 814337 den 814335 beschreibt er schließlich nur sich selbst so wie seine beiden Gesprächspartner ihn seit jeher kennen

also wozu

die Sache scheint übrigens unmöglich zu sein

denn der 814336 wir haben es gesehen bei seiner Ankunft beim 814337 weiß seit langer Zeit nichts mehr vom 814335 als wenn er nie gewesen wäre und bei der Ankunft des 814335 bei ihm wir haben es auch gesehen weiß er seit langer Zeit nichts mehr vom 814337 eine ungeheure Zeit so wahr ist es daß man hier seinen Schinder nur so lange kennt wie man ihn erleidet sein Opfer nur so lange wie man es genießt und selbst das kaum

und diese selben Paare die sich ewiglich von einem Ende zum anderen dieser unermeßlichen Prozession von neuem bilden und daß es immer beim millionsten Mal das läßt sich denken wie beim undenkbaren ersten Mal zwei Fremde sind die sich zum Zwecke der Drangsal vereinen

und wenn sich auf den unvorhersehbaren Hinterbacken zum millionsten Mal die tastende Hand legt daß es für die Hand die ersten Hinterbacken für die Hinterbacken die erste Hand

da ist etwas das nicht stimmt

so wahr ist das alles es hört auf zu keuchen ich höre es ich murmele es in den Dreck so wahr ist das alles

also keine Kenntnis aus zweiter Hand und was die andere persönlich genannte durch den Verkehr erworbene betrifft die welche von seinem Schinder einerseits von seinem Opfer andererseits jeder einzelne von uns besitzt was die betrifft wenn man an das Paar denkt das wir bildeten Pim und ich zweiter Teil und das wir von neuem bilden werden sechster Teil zehnter vierzehnter und so fort jedesmal zum undenkbaren ersten Mal wenn man daran denkt

was wir damals jeder für sich und einer für den anderen waren

aneinandergepreßt um nur einen einzigen Körper zu bilden im Dunkel im Dreck

wie man alle Augenblicke aufhörte und nicht mehr da war weder für sich noch für den anderen ungeheure Zeiten

und wenn man wiederkam um noch einen Moment zusammen zu verbringen wenn man daran denkt

Leiden Grausamkeit so kleine und kurze

das kleine Bedürfnis nach einem Leben nach einer Stimme von einem der weder das eine noch die andere hat

die erpreßte Stimme ein paar Worte das Leben weil geschrieen wird das ist der Beweis man braucht nur recht tief hineinzustoßen ein schwacher Schrei es ist nicht alles tot man trinkt man gibt zu trinken adieu

es waren ich zitiere gute Momente irgenwo gute Momente wenn man daran denkt

Pim und ich zweiter Teil und Bom und ich vierter Teil was das sein wird

nach so etwas zu sagen daß man sich persönlich kennt selbst in jenem Moment

aneinandergepreßt um nur einen einzigen Körper im Dunkel im Dreck zu bilden

regungslos abgesehen vom rechten Arm der sich kurz bewegt dann und wann alles Notwendige

nach so etwas zu sagen daß ich Pim gekannt habe daß Pim mich gekannt hat und Bom und ich daß wir uns kennen werden wenn auch nur flüchtig

man kann ja sagen ebenso wie man nein sagen kann es hängt von dem ab was man hört

es ist nein ich bedaure hier kennt niemand jemanden weder persönlich noch anders das Nein kommt hervor ich murmele es und nochmals nein ich bedaure nochmals hier kennt sich niemand es ist der Ort ohne Kenntnis was wahrscheinlich das Gute an ihm ist

ob wir uns im Kreise drehend also vier oder eine Million sind wir sind vier die sich nicht kennen eine Million die sich nicht kennen einander nicht und jeder sich selbst nicht aber hier ich zitiere immerzu drehen wir uns nicht im Kreise

das ist dort oben im Licht wo der Raum ihnen zugemessen ist hier die gerade Linie die gerade Linie nach Osten ob wir vier sind oder eine Million die gerade Linie nach Osten es ist sonderbar wo doch im allgemeinen der Tod im Westen

also weder vier noch eine Million

noch zehn Millionen noch zwanzig Millionen noch irgendeine bestimmte gerade oder ungerade Zahl so hoch sie auch sei wegen unserer Gerechtigkeit die will daß niemand und wären wir zwanzig Millionen daß nicht ein einziger von uns benachteiligt sei

nicht ein einziger schinderlos wie es die Nummer 1 wäre nicht ein einziger opferlos wie es die Nummer 20000000 wäre wobei angenommen wird daß dieser Letzte sich an der Spitze der Prozession befindet die sich wir haben es gesehen von links nach rechts bewegt oder wenn man will von Westen nach Osten

und daß sich seinem Blick nie bieten kann

wessen

dessen der die Säcke liefert

möglich

seinem Blick das Schauspiel einerseits eines einzigen unter uns zu dem niemand jemals kommt und andererseits eines einzigen anderen unter uns der nie zu jemandem geht das wäre eine Ungerechtigkeit das ist dort oben im Licht

was klar ausgedrückt heißt ich zitiere entweder ich bin allein und kein Problem mehr oder aber wir sind zahllos und auch kein Problem mehr

außer dem sich eine Prozession vorstellen zu können das muß doch möglich sein in gerader Linie ohne Ende und ohne Spitze im Dunkel im Dreck mit allem was es an verschiedenen Unendlichkeiten enthält

man kann jedenfalls nichts daran ändern man ist in der Gerechtigkeit ich habe nie das Gegenteil sagen hören dabei mit äußerster Langsamkeit die Prozession man spricht nun von einer Prozession die sprungweise oder ruckweise entsteht wie die Scheiße so daß man sich an besonders heiteren Tagen fragt ob wir nicht schließlich einer nach dem anderen oder paarweise in die freie Luft geschissen werden in das Tageslicht in das Reich der Gnade

Langsamkeit von der nur die Zahlen selbst x-beliebige eine schwache Vorstellung vermitteln können

wenn man ich zitiere zwanzig Jahre für die Reise rechnet und andererseits weiß weil man es gehört hat daß die vier Phasen die wir durchmachen die beiden Arten Einsamkeit die beiden Arten Gesellschaft die wir Schinder Verlassene Opfer Reisende durchmachen und wieder durchmachen da wir so eingestellt sind von gleicher Dauer sind

und andererseits stets dank derselben Gunst weiß daß die Reise in Etappen gemacht wird zehn Meter fünfzehn Meter und zwar sagen wir das wäre nicht zuviel gesagt eine Etappe pro Monat dieses Wort diese Worte Monate Jahre ich murmele sie

vier mal zwanzig achtzig zwölfeinhalb mal zwölf hundertfünfzig mal zwanzig dreitausend geteilt durch achtzig siebenundreißigeinhalb siebenunddreißig bis achtunddreißig Meter pro Jahr wir kommen voran

das stimmt

von links nach rechts wir kommen voran jeder kommt voran und das Ganze kommt voran von Westen nach Osten jahraus jahrein im Dunkel im Dreck im Drangsal in der Einsamkeit bei einer Geschwindigkeit von siebenunddreißig bis achtunddreißig sagen wir vierzig Meter pro Jahr

das ist die schwache Vorstellung von unserer Langsamkeit die diese Zahlen vermitteln von denen man nur jene eine durchgehen zu lassen braucht und das muß sich machen lassen die sich einerseits auf die Dauer der Reise bezieht und jene anderen andererseits die die Länge und die Häufigkeit der Etappe angeben um sich von unserer Langsamkeit diese schwache Vorstellung zu machen

unsere Langsamkeit die Langsamkeit unserer Prozession von links nach Osten im Dunkel im Dreck

in ihrer Unstetigkeit den Reisen gleich deren Summe sie ist bestehend aus Etappen und Halten und diesen Etappen gleich deren Summe die Reise ist wo wir paßkriechen rechtes Bein rechter Arm schiebe ziehe platt auf dem Bauch stumme Flüche linkes Bein linker Arm schiebe ziehe platt auf dem Bauch stumme Flüche zehn Meter fünfzehn Meter Halt

das alles das draußen war quaqua überallher in mir wenn es aufhört zu keuchen das alles das alles leiser schwächer aber noch hörbar weniger klar aber der Sinn in mir wenn es aufhört zu keuchen

und daß offen gesagt alles hier diskontinuierlich Reise Bilder Drangsal ja sogar Einsamkeit dritter Teil wo eine Stimme spricht dann schweigt ein paar Fetzen dann nichts mehr außer dem Dunkel dem Dreck alles unstetig außer dem Dunkel dem Dreck

sogar dieser Stimme gleich zehn Worte fünfzehn Worte lange Stille zehn Worte fünfzehn Worte lange Stille lange Einsamkeit zuerst draußen quaqua überallher eine ungeheure Zeit dann in mir wenn es aufhört zu keuchen Fetzen

von ihr habe ich alles wie es war vor Pim noch vorher mit Pim nach Pim wie es ist Worte dafür auch wie es sein wird Worte dafür kurz mein Leben ungeheure Zeiten

ich höre wieder ich sagen murmele es im Dreck und bin wieder die Reise die ich gemacht habe im Dunkel im Dreck in gerader Linie den Sack am Hals nie ganz entartet und ich habe diese Reise gemacht

dann etwas anderes und ich habe sie nicht gemacht dann von neuem und ich habe sie von neuem gemacht

und Pim wie ich ihn gefunden habe leiden ließ sprechen ließ und verloren habe und das alles solange es dauert das alles habe ich gehabt wenn es aufhört zu keuchen

und wie wir drei vier eine Million sind und ich bin da immer dagewesen mit Pim Bom einem anderen 999997 anderen allein reisend allein im Dreck liegend allein marternd und gemartert werdend oh mäßig zerstreut ein wenig Blut ein paar Schreie ein paar Worte das Leben dort oben im Licht ein wenig Blau kleine Szenen gegen den Durst für den Frieden

und wie wir nicht nur vier nur eine Million sein können und ich bin da immer dagewesen mit Pim Bom unzähligen anderen in einer Prozession ohne Ende und ohne Anfang die sich träge von links nach rechts fortbewegt gerade Linie nach Osten das ist sonderbar im Dunkel im Dreck zwischen Schinder und Opfer geklemmt und wie diese Worte nicht schwach genug sind die meisten kaum schwach genug oder allein und kein Problem mehr nie Pim gegeben nie Bom nie Reisen nur das Dunkel den Dreck den Sack vielleicht er scheint auch konstant zu sein und diese Stimme die nicht weiß was sie sagt oder die ich schlecht höre die ich wenn ich ein wenig Verstand ein wenig Herz hätte für meine halten könnte zuerst draußen quaqua überallher dann in mir wenn es aufhört zu keuchen leise nun kaum ein Hauch

das alles das alles solange es dauert all diese Arten Leben wenn es aufhört zu keuchen ich habe das alles gehabt je nachdem was man hört das alles gekannt durchgemacht und gelitten je nachdem im Präsens auch und im Futurum das ist sicher man braucht nur zu hören wenn es aufhört zu keuchen zehn Sekunden fünfzehn Sekunden all diese Arten Leben Fetzen sie murmeln in den Dreck

und wie es jetzt endlich lauter keucht immer lauter ein Tier das noch Luft haben will und es wieder anhalten daß solch ein Keuchen wieder aufhört und diese Stimme sie wieder hören die draußen war quaqua überallher ein paar Fetzen wieder in mir wenn es aufhört zu keuchen wie das wahrscheinlich bald nicht mehr möglich sein wird

in dem Moment ich zitiere immerzu von da an in dem Moment und den folgenden da ich nur diese Stimme bin diese Fetzen schließlich nichts mehr sein werde aber ohne darum schon aufzuhören Ende des dritten und letzten Teils er muß bald zu Ende sein

das ja ein Keuchen im Dunkel im Dreck dahin führt das die Reise das Paar die Verlassenheit wo alles sich erzählt der Schinder den man gehabt dann verloren haben soll die Reise die man gemacht haben soll das Opfer das man gehabt und dann verloren haben soll die Bilder der Sack die kleinen Geschichten von dort oben kleine Szenen ein wenig Blau höllische homes

die Stimme quaqua überallher dann drinnen unter dem kleinen Gewölbe in der kleinen leeren geschlossenen Höhle acht Wände weiß wie Bein wenn Licht da wäre ein Flämmchen dann wäre alles weiß zehn Worte fünfzehn Worte wie Irrwische wenn es aufhört zu keuchen dann das Gewitter der Atem Beweis des Lebens dritter und letzter Teil sie muß beinahe zu Ende sein

dann hat man sein Leben und dann hat man es gehabt die großen Reisen und die Gesellschaft von Seinesgleichen dann hat man sie verloren dann verlassen wenn es aufhört zu keuchen dahin führt das ein Keuchen im Dunkel im Dreck das an gewisse Lacher erinnert ohne einer davon zu sein oder da fängt es an und dann das Leben das man haben wird der Schinder den man haben wird die Reise die man machen wird das Opfer das man haben wird die beiden die drei das Leben das man gehabt hat das Leben das man hat das Leben das man haben wird

kaum denkbar dieses letzte wo ich anstatt als Reisender anzufangen als Opfer anfange und ich anstatt als Schinder weiterzumachen als Reisender weitermache und anstatt verlassen zu enden

anstatt verlassen zu enden ich als Schinder ende

hier fehlt die Hauptsache möchte man sagen

diese Einsamkeit wo die Stimme es erzählt einziges Mittel es zu erleben

es sei denn daß sie es mich lehrt die Stimme mein Leben während der anderen Einsamkeit welche die Reise ist das heißt anstelle eines Perfekts eines Plusquamperfekts und eines Präsens ein Perfekt ein Präsens und ein Futurum da ist etwas das nicht stimmt

erfrischende Abwechslungen von Geschichte Prophezeiung und Tagesneuigkeiten wo ich nacheinander lerne das ist es wahrscheinlich was mich frisch erhält wie es war mein Leben man spricht immer noch von meinem Leben

wie es war vor Pim wie es war mit Pim wie es ist vorliegende Fassung

wie es war mit Bom wie es ist wie es sein wird mit Pim

wie es ist wie es sein wird mit Bom wie es sein wird vor Pim

wie es war mein Leben immer noch mit Pim wie es ist wie es sein wird mit Bom

flüchtiger Eindruck ich zitiere daß wenn man eine Sache in drei Teilen oder Episoden darstellen will die bei genauerem Hinsehen vier enthält man Gefahr läuft unvollständig zu sein

daß sich an diesen dritten Teil der endlich zu Ende geht normalerweise ein vierter anschließen müßte wo man unter tausend anderen in der vorliegenden Fassung kaum oder gar nicht sichtbaren Sachen diese Sache sehen würde

an meiner Stelle der den Büchsenöffner in Pims Arsch stößt Bom der ihn in meinen stößt und anstatt der Schreie Pims seines Liedes und seiner erpreßten Stimme zum Verwechseln ähnlich meine hören würde

aber wir werden Bom nie bei der Arbeit sehen ich werde keuchend im Dunkel im Dreck liegenbleiben da die Stimme so gemacht ist ich zitiere daß sie von unserem ganzen Leben nur drei Viertel sagt

bald das erste zweite und dritte bald das vierte erste und zweite

bald das dritte vierte und erste bald das zweite dritte und vierte

da ist etwas das nicht stimmt

und so gemacht daß es ihr zuwider ist daß die Paarepisode selbst in ihrem zweifachen Aspekt zweimal in derselben Mitteilung vorkommt wie es der Fall wäre wenn sie anstatt mich als Reisenden beginnen zu lassen vorliegende Fassung oder aber als Verlassenen ebenfalls mögliche Fassung mich als Schinder oder als Opfer beginnen ließe

zu berichtigen also das was gerade gesagt wurde das wozu sie gelangt indem sie an seiner Stelle sagt daß von den vier drei Vierteln unseres gesamten Lebens über die sie verfügt nur zwei sich zur Mitteilung eignen

die drei Viertel von denen das erste die Reise vorliegende Fassung und die drei Viertel von denen das erste die Verlassenheit ebenfalls vertretbare Fassung

leicht zu billigender Widerwille wenn man geneigt ist in Betracht zu ziehen daß die beiden Einsamkeiten die der Reise und die der Verlassenheit recht verschieden sind und infolgedessen für sich behandelt zu werden verdienen und daß die beiden Paare das wo ich im Norden als Schinder figuriere und das wo ich im Süden als Opfer figuriere genau das gleiche Schauspiel ergeben

da ich schon als Schinder neben Pim gelebt habe zweiter Teil brauche ich also keinen vierten kennenzulernen wo ich als Opfer neben Bom leben würde es genügt daß diese Episode angekündigt wird Bom kommt rechtes Bein rechter Arm schiebe ziehe zehn Meter fünfzehn Meter

oder die Emotionen Empfindungen plötzlich sich für sowas zu interessieren und selbst das was kann das ausmachen ich zitiere wer leidet leichte Unschlüssigkeit hier leichtes Zagen kann das wohl ausmachen wer leidet wer leiden läßt wer schreit wer damit man ihn in Frieden läßt im Dreck im Dunkel blubbert zehn Sekunden fünfzehn Sekunden über Sonne Wolken Erde Meer blaue Flecken klare Nächte und über ein Geschöpf das steht oder noch stehen könnte immer noch dasselbe Phantasie erschöpft auf der Suche nach einem Loch damit man es inmitten dieser Zauberei nicht mehr sehe wer dieses Pissetröpfchen Seins trinkt und wer es mit widerstrebendem Kadaver zu trinken gibt wenn es nur jemand ist jeder kommt an die Reihe wie unsere Gerechtigkeit es will und wenn es nur nie endet das will sie auch alle tot oder niemand

also zwei mögliche Fassungen die vorliegende und die andere die dort beginnen würde wo diese endlich endet und infolgedessen mit der Reise im Dunkel im Dreck enden würde mit dem Reisenden rechtes Bein rechter Arm schiebe ziehe dermaßen von nirgends und von niemandem kommend und dermaßen sich dahin wendend daß er seit jeher reist immer reisen wird seinen Sack schleppend in dem die Lebensmittel abnehmen aber weniger schnell als der Appetit

daß von der jetzigen Mitteilung also verkehrt Kenntnis genommen wird und daß nachdem sie einmal von links nach rechts durchgegangen ihr Verlauf von rechts nach links zurückverfolgt wird dem steht nichts im Wege unter der Bedingung daß durch eine Anstrengung der Phantasie die in der Mitte gebliebene Episode des Paars entsprechend berichtigt wird

da ist etwas das nicht stimmt

das alles das draußen war wenn es aufhört zu keuchen Fetzen in mir zehn Sekunden fünfzehn Sekunden das alles leiser schwächer weniger klar aber der Sinn in mir wenn es sich beruhigt der Hauch man spricht von einem Hauch Beweis des Lebens wenn es sich beruhigt wie ein letzter im Licht dann wieder anfängt hundertzehn hundertfünfzehn in der Minute wenn es sich beruhigt zehn Sekunden fünfzehn Sekunden

dann höre ich es mein Leben hier ein Leben irgendwo das ich gehabt haben soll noch habe noch haben werde Fetzen aneinandergefügt eine ungeheure Zeit eine alte Geschichte mein altes Leben jedesmal wenn Pim mich verläßt bis Bom mich wiederfindet da ist es

Worte quaqua dann in mir wenn es aufhört zu keuchen Fetzen ganz leise dieses alte Leben dieselben Worte dieselben Fetzen millionenmal jedesmal das erste wie es war vor Pim noch vorher mit Pim nach Pim vor Bom wie es ist wie es sein wird das alles Worte für das alles in mir ich höre sie murmele sie mein Leben zehn Sekunden fünfzehn Sekunden dann habe ich es murmele es das ist besser logischer kurze Bewegung der unteren Gesichtshälfte mit Gemurmel im Dreck

einer alten schlecht geratenen schlecht gehörten Stimme murmele schlecht ein paar Fetzen für Kram der lauscht Krim der notiert oder Kram allein einer allein genügt Kram allein Zeuge und Schreiber seine Lichter die mich beleuchten Kram mit mir über mich gebeugt bis zur Altersgrenze dann sein Sohn sein Enkel und so fort

mit mir wenn ich reise mit mir mit Pim mit mir verlassen dritter Teil und letzter mit mir mit Bom von Zeitalter zu Zeitalter ihre Lichter die mich beleuchten

ihre Kladden in denen alles notiert ist das Wenige was zu notieren ist meine Handlungen meine Gesten mein Gemurmel zehn Sekunden fünfzehn Sekunden dritter Teil und letzter vorliegende Fassung

mein Leben eine Stimme draußen quaqua überallher Worte Fetzen dann nichts dann andere andere Worte andere Fetzen dieselben schlecht gesagt schlecht gehört dann nichts eine ungeheure Zeit dann in mir in der beinweißen Höhle Fetzen zehn Sekunden fünfzehn Sekunden schlecht gehört schlecht gemurmelt schlecht gehört schlecht notiert mein ganzes Leben sechsmal geschundenes Gestammel

es hört auf zu keuchen ich höre es mein Leben ich habe es murmele es das ist besser logischer für Kram der notieren kann und wenn wir zahllos sind zahllose Krams wenn man will oder ein einziger der meine mein Kram meiner er genügt hier wo Gerechtigkeit herrscht ein einziges Leben das ganze Leben nicht zwei Leben unsere Gerechtigkeit Kram ist keiner von den Unseren Vernunft habe ich noch ein wenig sein Sohn macht seinen Sohn verläßt das Licht Kram steigt in es hinauf um seine Tage zu beenden

oder kein Kram das auch wenn es aufhört zu keuchen ein Ohr irgendwo dort oben und bis zu ihm das Gemurmel das sich erhebt und wenn wir zahllos sind zahllose Gemurmel alle gleich unsere Gerechtigkeit ein einziges Leben überall schlecht gesagt schlecht gehört quaqua überallher dann drinnen wenn es aufhört zu keuchen zehn Sekunden fünfzehn Sekunden in dem kleinen Kasten ganz weiß wie Bein wenn ein Licht darin wäre ausgefaserte alte Worte schlecht gehört schlecht gemurmelt dieses Gemurmel diese Gemurmel

in den Dreck gefallene aus unseren zahllosen Mündern die sich da erheben wo es ein Ohr gibt einen Geist um zu begreifen die Möglichkeit zu notieren die Sorge um uns der Wunsch zu notieren die Begierde zu begreifen ein Ohr um zu hören selbst schlecht diese Fetzen andere Fetzen eines antiken Gestammels

unvordenklich unvergänglich wie wir das Ohr man spricht von einem Ohr dort oben im Licht und in diesem Falle für uns an besonders heiteren Tagen in diesem unermüdlichen Hören der alten unveränderlichen Leier das für uns schwache Anzeichen eines Wechsels eines Tages ja sogar eines Endes in Ehren immer in der Gerechtigkeit

oder für das wie für uns jedesmal das erste und in diesem Falle kein Problem

oder von der empfindlichen Art für Amseln geeignet wenn dem Tage die lange Nacht endlich weicht und der Nacht ein wenig später der endlose Tag aber wir dieses Leben wie es war wie es ist wie es ganz sicherlich sein wird nicht dazu geeignet ein zweites Mal zum nächsten und in diesem Falle auch keine Überraschung vorauszusehen

das alles unter anderen Sachen so vielen anderen schlecht gesagten schlecht gehörten schlecht behaltenen zu dem einzigen Zweck daß möglich sei weiß auf weiß eine Spur von so vielen Worten schlecht gegebenen schlecht empfangenen schlecht wiedergefundenen schlecht wiedergegebenen und wem das Ohr unter diesen Bedingungen die Gabe zu begreifen die Sorge um uns die Mittel um zu notieren keine Wichtigkeit

wem dem für die Säcke Verantwortlichen möglich für die Säcke und für die Lebensmittel diese Worte schon wieder der Sack wir haben es gesehen

der Sack wir haben es gesehen der gelegentlich mehr für uns ist als ein bloßer Speisenbehälter der uns mitunter im Notfalle als mehr erscheinen kann

diese Worte von eh und je an ihrem Platz von eh und je Ende des dritten und letzten vorliegende Fassung am Ende vor der Stille dem unablässigen Keuchen dem nach Luft lechzenden Tier dem Mund der sich davon halb dem Dreck eröffnet und der Fortsetzung von eh und je wenn es aufhört zu keuchen zehn Worte fünfzehn Worte ganz leise in den Dreck

und später viel später wenn es wieder aufhört diese Zeiträume mein Gott zehn andere fünfzehn andere in mir ganz leise kaum ein Hauch dann vom Mund in den Dreck kurzer Kuß mit lauen Lippen schwacher Kuß nämlich letzte aneinandergesetzte Denkfetzen diese Säcke diese Säcke man muß begreifen versuchen zu begreifen zahllose Säcke da mit uns für unsere zahllosen Reisen auf dieser schmalen Bahn ein Meter anderthalb alle da schon vorhanden am Start wie wir es waren alle da vorhanden am undenkbaren Start dieser Prozession das nein unmöglich

unmöglich daß wir jeder von uns bei jeder Reise um sein Opfer zu erreichen Berge hätten überwinden müssen noch und immerzu überwinden müßten wo doch unser Vorgehen wir haben es gesehen wenn es mühsam ist das Gelände das Gelände man muß es begreifen ohne Unebenheiten keinerlei Ungleichheit unsere Gerechtigkeit

letzte Denkfetzen letzte Zahlen der 777777 verläßt den 777776 bewegt sich ohne es zu wissen auf den 777778 zu findet sofort den Sack ohne den er nicht weiterkommen würde nimmt ihn an sich und setzt seinen Weg fort denselben den wenn er dran ist der 777776 einschlagen wird und ihm folgend der 777775 und so fort bis zum unvorstellbaren 1 und wo jeder kaum aufgebrochen den für seine Reise unerläßlichen Sack finden wird um sich nicht früher von ihm zu trennen als kurz vor der Ankunft wir haben es gesehen daher wenn alle Säcke zuhanden wie wir von Anfang an diese Hypothese eine solche Häufung auf der Bahn ja sogar konzentriert auf einem kleinen Raum da wir haben es gesehen jeder seinen findet kaum daß er seinen Schinder verlassen hat es muß sein wenn er sein Opfer erreichen will wenn man will daß er es erreicht

eine solche Anhäufung von Säcken am Eingang der Bahn daß jedes Fortkommen unmöglich und daß kaum nachdem der Karawane der undenkbare erste Impuls gegeben worden wäre sie sich für immer verklemmt hätte und in der Ungerechtigkeit erstarrt wäre

also von links nach rechts oder von Westen nach Osten das gräßliche Schauspiel bis in die dunkle Nacht der künftigen Zeiten des verlassenen Schinders der niemals Opfer sein wird dann ein kleiner Zwischenraum dann nach Beendigung seiner kurzen Reise platt am Fuße eines Lebensmittelbergs das Opfer das nie Schinder sein wird dann ein großer Zwischenraum dann ein anderer Verlassener und so fort unendlich

denn die Evidenz selbst daß auf diese Weise versperrt jedes Stück der Bahn jeder Abschnitt der Bahn zwischen zwei aufeinander folgenden Paaren zwei aufeinander folgenden Verlassenen je nachdem wie man die Bahn betrachtet man spricht von der Bahn von ihren Stücken ihren Abschnitten vor den Aufbrüchen oder während der Reisen es hört schon wieder auf und die Evidenz selbst daß auf diese Weise jedes Stück jeder Abschnitt verstopft und aus den gleichen Gründen unsere Gerechtigkeit

folglich Bedürfnis zum myriadsten Mal dritter und letzter Teil vorliegende Fassung am Ende vor der Stille dem unablässigen Keuchen damit wir möglich seien unsere Paarungen Reisen und Verlassenheiten Bedürfnis nach jemandem nicht von den Unseren einer Intelligenz irgendwo einer Liebe die längs der ganzen Bahn an den richtigen Stellen je nach unseren Bedürfnissen unsere Säcke hinlegt

zehn Meter fünfzehn Meter und östlich der Paare der Verlassenen je nachdem wann die Einführung zustande kommt vor den Aufbrüchen oder während der Reisen sie sind dort die rechten Orte

und dem in Anbetracht unserer Zahl außergewöhnliche Vollmachten beizumessen sind oder aber zu seinen Diensten zahllose Gehilfen und dem zur Vereinfachung manchmal Anlaß zehn Sekunden fünfzehn Sekunden das Ohr beizumessen das Kram abgeschafft unser Gemurmel fordert bei Strafe Blume in der Wüste zu sein und jenes Minimum an Intelligenz ohne das es ein Ohr wie das unsere wäre und diese seltsame Sorge um uns die man unter uns nicht findet und das Verlangen und die Mittel zu notieren die wir nicht haben

leicht zu gestattende Doppelbeschäftigung wenn man in Betracht ziehen will daß das Hören eines einzigen unserer Gemurmel und seine Fassung das Hören und die Fassung aller sind

und plötzlich Licht auf die Säcke in welchem Moment erneuert in irgendeinem Moment des Lebens zu zweit denn wir haben es gesehen wir sehen es daß wenn das Opfer reist murmelt der verlassene Schinder oder aber Glocke und Prozession das ist auch noch möglich das ist ein kümmerliches Licht

und dem manchmal Anlaß diese Stimme quaqua unser aller Stimme zur Last zu legen von der hier wenn es aufhört zu keuchen zehn Sekunden fünfzehn Sekunden die letzten Fetzen die allerletzten die erhalten blieben in welchem Zustand

da ist er also dieser keiner von uns da sind wir endlich der sich selber belauscht und indem er das Ohr unserem Gemurmel leiht es nur einer selbsterfundenen Geschichte leiht die schlecht inspiriert schlecht gesagt und jedesmal so uralt so vergessen daß ihm jene gleichlautend erscheinen kann die wir ihm in den Dreck murmeln

und dieses Leben im Dunkel im Dreck seine Freuden und Mühen Reisen Vertraulichkeiten und Verlassenheiten so wie wir mit einer einzigen unablässig gebrochenen Stimme bald eine Hälfte von uns bald die andere es aushauchen wenn es aufhört zu keuchen jenes bis auf weniges das er formuliert hatte

und von dem er unermüdlich alle etwa zwanzig oder vierzig Jahre gemäß dem was gewisse seiner Zahlen sagen unseren Verlassenen die großen Linien in Erinnerung bringt

und diese anonyme Stimme die behauptet quaqua unser aller Stimme zu sein zuerst draußen überallher dann in uns Fetzen wenn es aufhört zu keuchen kaum hörbar bestimmt entstellt da ist sie endlich bis auf weiteres die Stimme dessen der bevor er uns murmeln hört was wir sind es uns so gut er kann lehrt

der dem wir übrigens verdanken nie Mangel an Lebensmitteln zu haben und deshalb ohne Ruhe und Rast vorankommen zu können

der welcher weiß Gott ich zitiere immerzu sich manchmal fragen muß ob er diesen fortwährenden Lieferungen Mitteilungen Abhörungen und Fassungen nicht ein Ende zu bereiten vermag wobei er uns doch in einem gewissen endlosen Sein und einer lückenlosen Gerechtigkeit erhalten würde man würde es für weniger tun

und ob es letztlich nicht in seinem Interesse wäre das anders zu erzählen indem er uns zum Beispiel ein für allemal wissen ließe daß diese Mannigfaltigkeit nicht für uns ist wo wir von einsamen Reisenden zu Schindern unserer unmittelbaren Nächsten und von Verlassenen zu ihren Opfern werden

ebensowenig wie all die schwarze Luft die quer durch unsere Reihen zirkuliert und wie in einer Thebais unsere Paare und unsere Einsamkeiten ebensowohl die der Reise wie die der Verlassenheit einfaßt

sondern daß wir in Wirklichkeit alle seit dem undenkbaren ersten bis zu dem nicht weniger undenkbaren letzten aneinandergepreßt sind zu einer lückenlosen Folge verschränkter Leiber

denn wir haben es gesehen zweiter Teil wie es war mit Pim die Annäherung bis zur Berührung von Mund und Ohr hat ein leichtes Übereinanderliegen der Körperteile in der Schultergegend zur Folge und daß so direkt miteinander verbunden jeder von uns gleichzeitig Bom und Pim Schinder Opfer Repetitor Faulpelz Bittsteller Verteidiger stumm und Theater einer wiedergefundenen Sprache im Dunkel im Dreck ist daran nichts zu berichtigen

hier also letzte Zahlen der 777777 immer noch er im Augenblick da er den Büchsenöffner in den Arsch des 777778 stößt und zur Antwort einen schwachen Schrei bekommt den er wir haben es gesehen abbricht durch den Schlag auf den Schädel der im selben Augenblick und in derselben Weise durch den 777776 angestachelt ebenfalls seine Klage ertönen läßt der dasselbe Los beschieden

da ist etwas das nicht stimmt

und in dem Augenblick da er von dem 777776 in der Achselhöhle gekratzt singt von dem 777778 bei Anwendung des gleichen Verfahrens erreicht daß dieser dasselbe tut

und so fort und ebenso längs der ganzen Kette in beiden Richtungen für alle unsere anderen Freuden und Leiden alles was von dem einen bis zu dem anderen undenkbaren äußersten Ende dieser unermeßlichen Suhle wir die einen von den anderen erlangen und ertragen

Formulierung die gewiß im Lichte unserer Grenzen und Möglichkeiten zu nuancieren ist die jedoch immer den Vorzug haben wird indem sie jede Reise jede Verlassenheit streicht mit demselben Strich jede Notwendigkeit von Säcken zu streichen und Stimmen quaqua dann in uns wenn es aufhört zu keuchen

und die Prozession die ewig dauern zu müssen schien unsere Gerechtigkeit sie zum Stehen zu bringen ohne daß ein einziger von uns verletzt würde denn sie zum Stehen bringen zu wollen ohne vorher unsere Reihen zu schließen dann eins von beiden

man bringt sie in der Zeit der Paare zum Stehen und in diesem Falle eine Hälfte von uns ständig Schinder ständig Opfer die andere

man bringt sie in der Zeit der Reisen zum Stehen und in diesem Falle ist die Einsamkeit bestimmt für alle gesichert aber nicht in der Gerechtigkeit da der Reisende dem das Leben ein Opfer schuldet nie mehr eins bekommen wird ebenso wie nie mehr einen Schinder bekommen wird der Verlassene den das Leben einem schuldet

und andere Ungerechtigkeiten sie nicht kennen lauter keuchen eine einzige genügt letzte Fetzen allerletzte wenn es aufhört zu keuchen aufzufangen versuchen letzte Gemurmel allerletzte

nämlich zuerst um mit diesem keiner von uns fertigzuwerden

seinem Traum unseren Reisen Verlassenheiten dem Bedürfnis nach Lebensmitteln und Gemurmel ein Ende bereiten zu können

den erschöpfenden Zuwendungen jeder Art die sich daraus für ihn ergeben

ohne darum darauf angewiesen zu sein uns mit einem Schlage alle bis auf den unvorstellbaren Letzten unter diesen schwarzen Dreck zu stoßen dessen Oberfläche durch nichts je wieder besudelt werden würde

in der Gerechtigkeit und der Wahrung unserer unentbehrlichen Tätigkeiten

diese neue Formulierung man könnte ebenso gut sagen dieses neue Leben um damit fertigzuwerden

Frage plötzlich ob wir trotz dieser Zusammenhäufung aller unserer Leiber noch nicht eine langsame Verschiebung von Westen nach Osten verraten man ist versucht wenn man in Betracht ziehen will daß wenn es unser Interesse als Schinder ist ruhig zu verharren es uns als Opfer veranlaßt aufzubrechen

und daß von diesen beiden in jedem Herzen miteinander ringenden Sehnsüchten normalerweise die zweite obsiegen würde und wäre es nur wenig

denn wir haben es gesehen zur Zeit der Reisen und Verlassenheiten und das ist sogar auffallend wenn man es bedenkt reisten nur die Opfer

da ihre Schinder wie von Bestürzung geschlagen anstatt sich aufzumachen und ihnen auf den Fersen zu bleiben rechtes Bein rechter Arm schiebe ziehe zehn Meter fünfzehn Meter da blieben wo verlassen Buße vielleicht für ihre Anstrengungen aber auch Wirkung unserer Gerechtigkeit

obgleich diese um was vermindert durch eine allgemeine Aufregung man begreift nicht

für jeden Einzelnen genau dieselbe Verpflichtung enthaltend nämlich furchtlos zu fliehen und dabei hoffnungslos zu verfolgen

und wenn man zu dieser späten Stunde noch andere Welten ersinnen darf ebenso gerechte wie die unsere aber weniger vorzüglich organisierte

eine vielleicht es findet sich vielleicht eine die barmherzig genug ist um solche Ausgelassenheiten zu beherbergen wo niemand nie jemanden verläßt und niemand nie jemanden erwartet und sich nie zwei Körper berühren

und wenn es sonderbar erscheinen mag daß wir ohne Lebensmittel um uns zu stärken uns so von der Nettosumme unserer gesamten Leiden begünstigt dahinschleppen können von Westen nach Osten zu einem nicht existierenden Frieden werden wir gebeten freundlichst in Betracht zu ziehen

daß für unsereins und auf welche Weise man uns auch erzählt mehr Nahrung in einem Schrei ja sogar in einem jenem abgenötigten Seufzer dessen Stille das einzige Gut ist oder in der jenem abgezwungenen Sprache der ihren Gebrauch endlich hatte verlieren können als die Sardinen je hergeben werden

um also mit alledem fertigzuwerden endlich letzte Fetzen allerletzte wenn es aufhört zu keuchen um mit dieser Stimme fertigzuwerden man könnte ebenso gut sagen mit diesem Leben dieser keiner von uns Wiederholer auch er verrückt vor Müdigkeit um mit ihm fertigzuwerden

hat er nicht ich zitiere immerzu eine einfachere Lösung bei der Hand eine viel einfachere und radikalere

eine Formulierung die in derselben Zeit da sie es restlos abschaffen würde und ihm den Weg dieser Ruhe wenigstens eröffnen würde mich allein verantwortlich für dieses unqualifizierbare Gemurmel machen würde von dem hier also endlich die letzten Fetzen die allerletzten

in der vertrauten Form von Fragen die ich mir stellen würde und von Antworten die ich mir geben würde so unwahrscheinlich das erscheinen mag letzte Fetzen allerletzte wenn es aufhört zu keuchen letztes Gemurmel allerletztes so seltsam das erscheinen mag

wenn das alles das alles ja wenn das alles nicht wie soll man es sagen keine Antwort wenn das alles nicht falsch ist ja

alle diese Berechnungen ja Erklärungen ja die ganze Geschichte von einem Ende zum anderen ja vollständig falsch ja

das ist anders geschehen ja ganz anders ja aber wie

keine Antwort wie ist es geschehen keine Antwort was ist geschehen keine Antwort WAS IST GESCHEHEN Gebrüll gut

es ist etwas geschehen ja aber nichts von alledem nein Quatsch von einem Ende zum andern ja diese Stimme quaqua ja Quatsch ja nur eine Stimme hier ja die meine ja wenn es aufhört zu keuchen ja

wenn es aufhört zu keuchen ja das also war wahr ja das Gekeuche ja das Gemurmel ja im Dunkel ja im Dreck ja in den Dreck ja

schwer zu glauben auch ja daß ich eine Stimme habe ich ja in mir ja wenn es aufhört zu keuchen ja nicht in anderen Momenten nein und daß ich murmele ich ja im Dunkel ja im Dreck ja für nichts ja ich ja aber man muß es glauben ja

und der Dreck ja das Dunkel ja wahr ja der Dreck und das Dunkel sind wahr ja da nichts zu bedauern nein

aber diese Geschichten von Stimmen ja quaqua ja von anderen Welten ja von jemandem in einer anderen Welt ja dessen Traum ich sein würde ja den er alle Zeit träumen würde ja alle Zeit erzählen würde ja sein einziger Traum ja seine einzige Geschichte ja diese Geschichte von bereitgelegten Säcken ja am Ende eines Stricks wahrscheinlich ja von einem Ohr das auf mich horcht ja von einer Sorge um mich von einer Fähigkeit zu notieren ja das alles Quatsch ja Krim und Kram ja Quatsch ja

und diese Geschichten von dort oben ja das Licht ja die Himmel ja ein wenig Blau ja ein wenig Weiß ja die sich drehende Erde ja klar und weniger klar ja kleine Szenen ja Quatsch ja die Frauen ja der Hund ja die Gebete die homes ja Quatsch ja

und diese Geschichte von einer Prozession keine Antwort diese Geschichte von einer Prozession ja nie eine Prozession gegeben nein auch keine Reise nein nie einen Pim gegeben nein auch keinen Bom nein nie jemanden gegeben nein nur mich keine Antwort nur mich ja das also war wahr ja ich war wahr ja und wie heiße ich keine Antwort WIE HEISSE ICH Gebrüll gut

nur mich jedenfalls ja allein ja im Dreck ja im Dunkel ja das stimmt ja der Dreck und das Dunkel stimmen ja da nichts zu bedauern nein mit meinem Sack nein wie bitte nein auch keinen Sack nein nicht einmal einen Sack bei mir nein

nur mich ja allein ja mit meiner Stimme ja meinem

Murmeln ja wenn es aufhört zu keuchen ja das alles stimmt ja keuchend ja immer lauter keine Antwort IMMER LAUTER ja platt auf dem Bauch ja im Dreck ja im Dunkel ja da nichts zu berichtigen nein die Arme wie ein Kreuz keine Antwort DIE ARME WIE EIN KREUZ keine Antwort JA ODER NEIN ja

nie paßgekrochen nein rechtes Bein rechter Arm schiebe ziehe zehn Meter fünfzehn Meter nein nie gerührt nein nie leiden lassen nein nie gelitten keine Antwort NIE GELITTEN nein nie verlassen nein nie verlassen worden nein das also ist das Leben hier keine Antwort DAS IST MEIN LEBEN HIER Gebrüll gut

allein im Dreck ja im Dunkel ja bestimmt ja keuchend ja jemand hört mich nein niemand hört mich nein murmelnd manchmal ja wenn es aufhört zu keuchen ja nicht in anderen Momenten nein im Dreck ja in den Dreck ja ich ja meine Stimme ja meine ja nicht die eines andern nein die mir ganz allein gehört ja bestimmt ja wenn es aufhört zu keuchen ja dann und wann ein paar Worte ja ein paar Fetzen ja die niemand hört ja aber immer weniger keine Antwort IMMER WENIGER ja

das kann sich also ändern keine Antwort kann enden keine Antwort ich könnte ersticken keine Antwort versinken keine Antwort nicht mehr den Dreck besudeln keine Antwort das Dunkel keine Antwort nicht mehr die Stille stören keine Antwort krepieren keine Antwort KREPIEREN Gebrüll ICH KÖNNTE KREPIEREN Gebrüll ICH WERDE KREPIEREN Gebrüll gut

gut gut Ende des dritten und letzten Teils so ist es wie es war Ende des Zitats nach Pim wie es ist

Zeittafel

1906	am 13. April in Foxrock, einem Vorort von Dublin, geboren
1928–1930	Englisch-Lektor an der École Normale Supérieure in Paris
1929	*Assumption.* Erzählung
	Dante . . . Bruno. Vico . . . Joyce. Essay
	Che sciagura. Dialog
1930	*Whoroscope, For future reference, From the only poet to a shinning whore – Fore Henry Crowder to sing.* Gedichte
1931	*The possessed.* Dialog
	Proust. Essay
	Return to the vestry, Hell crane to starling, Casket of pralinen for a daughter of a dissipated mandarin, Text, Yoke of liberty. Alba. Gedichte
1932	*Sedendo et quiescendo.* Erzählung
	Text. Prosafragment
	Home Olga. Akrostichon
	Dante and the lobster. Erzählung
1934	*More pricks than kicks.* Erzählungen
	Gnome. Gedicht
	A case in a thousand. Erzählung
1935	*Echo's bones and other precipitates.* Gedichte
1936	*Cascando I, II, III.* Gedichte
1937	Beckett läßt sich in Paris nieder
1938	*Ooftish.* Gedicht
	Murphy. Roman
1940–1942	Résistance

1942	Flucht in das unbesetzte Gebiet von Südfrankreich
1946	*Saint-Lô.* Gedicht
	Poèmes 38–39
	Suite. L'expulsé. Erzählungen
1948	*Trois Poèmes*
1951	*Molloy, Malone meurt.* Romane
1952	*En attendant Godot.* Stück in zwei Akten
1953	*L'innommable, Watt.* Romane
1955	*Nouvelles et Textes pour rien.* Erzählungen
1956	*From an abandoned work.* Prosafragment
1957	*All that fall.* Hörspiel
	Fin de partie suivi de Acte sans paroles 1. Stück und Pantomime
1958	*Krapp's last tape.* Stück in einem Akt
1959	*Embers.* Hörspiel
	Act without words 2. Pantomime
1961	Internationaler Verlegerpreis
	Comment c'est. Roman
	Happy Days. Stück in zwei Akten
1962	*Words and music.* Hörspiel
1963	*Play.* Stück in einem Akt
	Cascando. Hörspiel
1963–1964	*Dramaturgische Dichtungen in drei Sprachen.* 2 Bände
1965	*Imagination morte imaginez.* Prosa
	Film
	Faux départs. Kurzprosa
1966	*Assez, Bing.* Prosa
	Come and go. Kurzes Spiel
	Eh Joe. Fernsehspiel
1969	Nobelpreis für Literatur
	Breath. Theaterszene

1970	*Premier amour, Mercier et Camier.* Romane
	Sans, Le dépeupleur. Prosa
1972	*Not I*
1976	Samuel Beckett, *Werke in vier Bänden*
	werkausgabe edition suhrkamp. In zehn Bänden
1978	*Stücke und Bruchstücke in drei Sprachen*
	Um abermals zu enden und anderes Durchgefallenes
	Prosadichtungen in drei Sprachen
1981	*Gesellschaft. Eine Fabel in drei Sprachen*
1983	*Drei Gelegenheitsstücke* (Rockaby; Ohio Impromptu; A Piece of Monologue)
	Mal vu, mal dit/Schlecht gesehen, schlecht gesagt